余冠英古诗选注系列

三曹诗选

余冠英 选注

商务印书馆
The Commercial Press

图书在版编目（CIP）数据

三曹诗选 / 余冠英选注 . —北京：商务印书馆，2024
（余冠英古诗选注系列）
ISBN 978-7-100-22858-9

Ⅰ.①三… Ⅱ.①余… Ⅲ.①古典诗歌—诗集—中
国—三国时代 Ⅳ.①I222.736.1

中国国家版本馆 CIP 数据核字（2023）第 165551 号

余冠英古诗选注系列

三曹诗选

余冠英 选注

商 务 印 书 馆 出 版
（北京王府井大街36号 邮政编码100710）
商 务 印 书 馆 发 行
北 京 冠 中 印 刷 厂 印 刷
ISBN 978 - 7 - 100 - 22858 - 9

2024 年 2 月第 1 版　　　　开本 880×1230　1/32
2024 年 2 月北京第 1 次印刷　　印张 5¼　插页 2

定价：29.00 元

目　录

曹植

前　言

一

　　建安时代在中国文学史上 [①]，特别是在文人诗的传统里，是一个很突出，很辉煌的时代。锺嵘《诗品》说：

　　　　自王、扬、枚、马 [②] 之徒，词赋竞爽而吟咏靡闻。……诗人之风顿已缺丧。东京二百载中惟有班固《咏史》[③]，质木无文。降及建安，曹公父子笃好斯文，平原兄弟郁为文栋，刘桢、王粲为其羽翼。次有攀龙托凤，自致于属车者，盖将百计。彬彬之盛大备于时矣。

[①] 建安是汉献帝的年号，从 196 年起到 219 年止。不过文学史上所谓建安时代大致指汉末魏初，并非严格地限于这二十四年。
[②] 指王褒、扬雄、枚乘、司马相如，都是西汉的赋家。
[③] 《咏史》是最早的一首文人的五言诗，写孝女缇萦救父的故事。

这时文学的主要体裁已经从辞赋转变为五言诗，而作家之盛达到前所未有的程度。沈约《宋书·谢灵运传论》又说：

> 至于建安，曹氏基命，三祖陈王咸蓄盛藻。甫乃以情纬文，以文被质。

"以情纬文，以文被质"说明了建安文学不同于两汉作家"王、扬、枚、马"所代表的以歌颂帝王功德为目的、以讽谕鉴戒为幌子的文学①，而是有感情、有个性的抒发性的文学；也不同于班固《咏史》那样"质木无文"，而是情文兼具、文质相称的文学。这些都是显著的变化，尤其是从颂扬鉴戒到抒情化是一个重大的变化。上面所引的钟嵘和沈约的话虽然简单，可使我们感觉到建安时代是一个文学史上的新时代。

在这个文学新时代活跃的作家以"三曹"和"七子"为代表。"三曹"是曹操和他的儿子曹丕、曹植，就是上引《诗品序》所说的"曹公父子""平原兄弟"。"七子"是曹丕《典论·论文》所评述的七个作家②，《诗品序》提到的刘桢、王粲便是其中的冠冕。七子在政治关系上是三曹的僚属，在文学事业上是三曹的"羽翼"（其中孔融稍不同，请参看注②）。当时三曹在文学上和政治上一

---

① 两汉典型的赋都是铺写帝王的生活和功业，目的在娱悦和歌颂帝王，但往往在末后加上讽谏的尾巴。

② 这七个作家是孔融、陈琳、王粲、徐幹、阮瑀、应场和刘桢。其中孔融年辈较高，死得较早（建安十三年被杀），不在邺下文人集团之内。

样是处在领袖地位的，他们的文学才能和实际成就也配得上这个地位，其中的曹植尤其是历来公认的当时最优秀的作家。

建安诗篇流传下来的不足三百首，其中曹植的诗最多（约八十首），其次是曹丕（约四十首），再其次是王粲和曹操（各二十余首）。诗人的作品保存下来或多或少，可以有种种原因，但其质量是否禁得起时间淘汰往往是主要原因之一。从现存建安诗的质量看来，曹王四家也正该排在建安诗人的最前列。由于三曹在当时诗坛的领袖地位，由于其作品成就较高，留存的又较多，便自然地成为后人研究建安诗的共同时代特征的主要资料。因而他们的代表性也就较高于同时的作家。这就是三曹（主要是曹植）诗在建安作品中值得我们首先注意的原因。

二

曹操生于155年，卒于220年。他的父亲曹嵩是汉桓帝时宦官曹腾的养子，《三国志》说"莫能审其生出本末"，可见得他的先世在社会上地位是不高的。曹操二十岁举孝廉，在灵帝朝曾因"能明古学"被任命为议郎。又曾以骑都尉的军职参加镇压黄巾起义。献帝初，地方"豪右"起兵讨董卓，曹操因陈留人卫兹的资助，招募了五千人，加入讨董联军。后来因为收编青州黄巾三十余万，实力雄厚起来，便成为"逐鹿"中原的"群雄"之一。等到他击破了他的最大竞争对手袁绍之后，就以"相王之尊"挟天子以令诸侯，成为北方的实际统治者。

曹操和袁绍属于当时统治阶级内部的不同的社会阶层。袁氏四世三公,是所谓士族大家,属于东汉最有权势、社会地位最高、一向把持政治的大官僚地主阶层。曹氏出于地主阶级里的小族,袁绍曾骂他"赘阉遗丑,本无懿德"[①]。这个阶层在东汉末叶才开始走上政治舞台,成为新兴的势力(黄巾起义削弱了上层士族地主阶级的统治力量,相对地造成了下层非士族地主的抬头的机会)。

曹操和袁绍虽然同属于和农民相敌对的阶级,他们对农民的政策却有显著的歧异,袁氏要维持其本阶层固有的特权,"使豪强擅恣,亲戚兼并,下民贫弱,代出租赋"(曹操《抑兼并令》);而曹氏则在一定程度上采取压抑豪强,对农民让步的政策,限制土地兼并。这种歧异也反映两个阶层的矛盾。[②]曹操对于当时的社会形势有清醒的认识,深知黄巾军虽被镇压下去,农民的反抗力量仍然是不可轻视的,唯有采取对农民让步的政策才能缓和阶级斗争,也唯有如此才能使得被他收编的农民武装真正为他出力。因此他的政治措施在当时军阀中是比较开明的,所以能战败强敌,统一华北,使多年极度混乱的社会安定下来。他的法治主义和屯田制度是有力的武器,这些都可视为对士族地主势力的摧抑,抑止兼并不过是最露骨的罢了。

正因为曹操对农民既有新的镇抚,对曾被农民运动所削弱的

---

① 见于陈琳代袁绍所作的檄文。这篇檄文历叙曹操的三代,见出当时人对于门第家世的观念,后来陈琳降曹操,曹操责问他道:"卿昔为本初移书,但可罪状孤而已,恶恶止乎其身,何乃上及父祖耶?"可见这种诋骂很使曹操难堪。

② 这种歧异又表现在对起义农民的政策上,袁绍对起义农民一贯屠杀,曹操对青州黄巾,对张燕、张鲁都采取招抚政策。

旧豪强势力又予以新的打击，于是他的新的统治势力便壮大和巩固了，他对于旧统治阶层的传统也就不予尊重。他在政治设施和文学倾向上都表现为一个反对两汉传统（也就是反正统）的人物。他的《求贤》《举士》《求逸才》诸令强调用人唯才[1]，便打破"经明行修"这一个传统的仕进标准，其目的就在打破家世门第的限制，从各阶层提拔人才。这样就摧抑了士族地主的特权，而扩大了非士族地主阶层的势力。

　　曹操"外定武功，内兴文学"（《魏志·荀彧传》引《魏氏春秋》），他所提拔的人才首先是"有治国用兵之术"的，其次就是文学之士。照曹植《与杨德祖书》所说的情形看来，曹操对当时四方知名的文士竭力收揽，几乎网罗无遗。文学人才的大量集中就是造成当时"彬彬之盛"的条件之一。由于一般文学之士本身原是非士族地主，曹操的政权正代表他们的利益，同时对于愿意和曹氏合作的少数士族地主出身的文士，曹操也竭力笼络，因而曹操对待文学之士就自然不像过去的统治者那样将他们当作倡优来畜养，而是使他们成为国家的官吏，如王粲所称颂的"置之列位"[2]。

---

[1]　《求贤令》道："若必廉士而后可用，则齐桓其何以霸世？今天下得无有被褐怀玉而钓于渭滨者乎？又得无有盗嫂受金而未遇无知者乎？二三子其佐我明扬仄陋，唯才是举。"《求逸才令》道："昔伊挚傅说出于贱人，管仲，桓公贼也，皆用之以兴。……今天下得无有至德之人放在民间……或堪为将守，负污辱之名，见笑之行，或不仁不孝而有治国用兵之术，其各举所知，勿有所遗。"

[2]　曹操入荆州后辟王粲为丞相掾，赐爵关内侯。王粲称颂他道："及平江汉，引其贤俊而置之列位，使海内回心，望风而治，文武并用，英雄毕力。此三王之举也。"（《三国志·王粲传》）可见王粲对于这种待遇是很满意的，可以代表当时非士族文人的心理。

《宋书·臧焘传论》道："自魏氏膺命，主爱雕虫，家弃章句。"分析儒家经籍的章节句读就是汉朝的经术，经术本是名门世家士族地主的传统，也是维持旧统治势力的一种工具。到东汉末年，它随着旧统治势力的衰微而衰微，到新兴势力曹氏政权巩固之后便普遍地无人过问，而完全被文学所代替了。

曹操自己的文学路线和写作态度对于其他作家起着更具体的领导和倡导作用。《文心雕龙·时序》篇说："魏武以相王之尊雅爱诗章。"《三国志》注引《魏书》说他"登高必赋。及造新诗，被之管弦，皆成乐章。"曹操的文学事业就是乐府歌辞的制作。他本是多才多艺的人物，他爱好音乐，自己也是这方面的行家。《魏书》说他"倡优在侧，常日以达夕"。他所爱好的音乐是本来产生于民间的相和歌。① 他自己就在这些乐府民歌的影响之下写作了许多歌辞。他现存的二十几首诗全部是乐府歌辞，大部分运用出于乐府民歌的五言体和杂言体。

曹操的乐府诗是用旧调、旧题写新内容。《薤露行》和《蒿里行》以挽歌写时事，前者叙何进误国与董卓殃民，后者写群雄私争使兵灾延续。这两首批评政治，叙写现实的诗被后人称为"汉末实录"，称为"诗史"②。作者叙董卓焚烧洛阳，居民被驱入关的

---

① 《宋书·乐志》云："相和，汉旧曲也，丝竹更相和，执节者歌。"又云："凡乐章古辞，今之存者并汉世街陌谣讴，《江南可采莲》《乌生十五子》《白头吟》之属是也。"又云："但歌四曲，出自汉世，无弦节。作伎最先一人唱，三人和，魏武帝尤好之。"

② 明代人锺惺评曹操《蒿里行》云："汉末实录，真诗史也。"《唐书》说杜甫的诗"善陈时事……世号诗史"，是"诗史"这个词的来源。

情形道：

> 播越西迁移，号泣而且行。瞻彼洛城郭，微子为哀伤。
> （《薤露行》）

叙当时兵祸的惨状道：

> 铠甲生虮虱，万姓以死亡。白骨露于野，千里无鸡鸣。
> 生民百遗一，念之断人肠。（《蒿里行》）

这些诗真实地反映了那个丧乱时代人民的苦难。

曹操在《对酒》篇里描写了理想的太平时代。他想象那时候执政的人都能像父兄对子弟一样地爱护百姓，但是赏罚严明。社会上都讲礼让，没有争讼。农民安心地从事农业，不必奔走四方，人人过着和平丰足的生活，终其天年。作者在这里所表现的政治理想似乎是儒家和法家的混合（但曹操在具体的设施和作风上则显出浓厚的法家色彩）。在《度关山》篇强调正刑和节俭，反对"劳民为君"，和《对酒》篇的意思大致相同。《短歌行》（"周西伯"篇）歌颂周文王、齐桓公和晋文公。作者以这三人来自比，说明自己尊奉汉室，谨守臣节，如文王之事殷，桓、文之尊周。这是表明政治态度的诗。作者本是一个政治家，为了了解他的思想，这一类作品是可注意的。

抒情成分比较多的诗以《苦寒行》、《却东西门行》、《龟虽寿》

（即《步出夏门行》第五章）、《短歌行》（"对酒当歌"篇）这几首最被人传诵。前两首写行军征戍的痛苦和怀乡恋土的感情，是和乐府民歌情调相近的五言诗。《龟虽寿》的正文有十二句：

神龟虽寿，犹有竟时。腾蛇乘雾，终为土灰。老骥伏枥，志在千里；烈士暮年，壮心不已。盈缩之期，不但在天；养怡之福，可得永年。

写有志进取的人虽然知道年寿有限而雄心壮志不为之减少，且不信成败夭寿全由天定，认为人力也可以有所作为。这种积极乐观的精神是很可贵的。晋朝王敦常在酒后吟咏"老骥伏枥"四句，用如意敲唾壶来打拍子，壶口都敲缺了（《世说新语·豪爽》篇），可见得它是如何的脍炙人口。

《短歌行》也是四言的名篇。开端"对酒当歌，人生几何？譬如朝露，去日苦多"四句表现这个丧乱时代中有些人容易感到的"人生无常"的苦闷。但作者的思想并不是消极颓废的，只消玩味结尾"山不厌高，海不厌深。周公吐哺，天下归心"四句便觉察到作者的积极感情。作者在《秋胡行》（"愿登"篇）有两句诗道"不戚年往，忧世不治"，可以说明这种感情。

钟嵘《诗品》曾指出曹操"颇有悲凉之句"。上文所举各诗有不少的句子是颇为"悲凉"的，可见作者感慨很多，但是这种感慨却是和对民生疾苦的同情或对丰功伟业的追求紧密结合着的。曹植有诗道，"烈士多悲心"，曹操的感慨就是所谓烈士的悲心吧？

本来一个上升阶层作家的慷慨悲歌和没落阶层的感伤是大异其趣的，我们玩味这个区别，对于了解建安诗歌的精神将会大有帮助。

曹操又被人称为复兴四言诗的作家，因为《诗经》以后四言诗很少动人的作品，到曹操才有几篇佳作。除了上面所举的，还有一首《观沧海》（即《步出夏门行》第二章），这首诗气魄雄伟，想象丰富，是描写自然景物的名篇。完全写景的诗在这以前还不曾有人作过。曹操的四言诗之所以成功，因其具有新内容、新情调，句法、词汇也不模仿"三百篇"，不像过去傅毅、蔡邕等人所作的只是《诗经》的仿制品。但真正代表曹操创作的新倾向，产生影响，成为当时主要文学形式的却是那些乐府民歌化的、色彩更显著、语言更通俗的五言诗。我们说曹操的文学倾向是反正统的，主要的一点是在诗的创作上摆脱了古典的束缚而从民间文学吸取营养，换句话说就是诗的民歌化。这一特征在他的五言诗里才是表现得最清楚的。

三

曹丕生于187年，卒于226年。他是曹操的次子，他的哥哥曹昂早死，所以曹操的爵位归他继承。由于曹操造成的局势，他在220年水到渠成地受汉朝"禅让"，做了大魏皇帝，在位五年又七个月。曹丕的政治理想不同于曹操，他追慕汉文帝的无为政治。这时中原已经统一，士族地主和曹氏政权合作已成事实，曹丕便改变了曹操依靠非士族地主及压抑豪强的政策而开始和士族地主妥协。曹丕也缺乏曹操那样的雄才大略，在政治上和军事上都没有什么突出的表现，但在执政期间也还有一些算是开明的措施，如令宦人为官不得过诸署，轻刑罚，薄赋税，禁淫祀，罢墓祭，诏营寿陵力求俭朴等，表示他在努力做一个"明君"①。据他的《典论·自叙》，他生长在戎旅之间，自幼娴习弓马，骑射和剑术都异常精妙。他的文化修养是"备历五经四部，史汉诸子百家之言靡不毕览"（《自叙》）。他自己的著述"所勒成垂百篇"（《三国志·文帝本纪》）。他的文学制作现存辞赋或全或残共约三十篇，诗歌完整的约四十首，据钟嵘《诗品》原有百余首。他的《典论》一书现存三篇，其中《论文》一篇是文学批评的重要文献。他说：

> 盖文章经国之大业，不朽之盛事。年寿有时而尽，荣乐止乎其身，二者必至之常期，未若文章之无穷。是以古之作者，寄身于翰墨，见意于篇籍，不假良史之辞，不托飞驰之势，而声名自传于后。

重视文学也许是当时一般的看法，但以曹丕的地位来发这样的议论，又如此强调，显然有提倡文学、鼓励著述的用意。文学史家论建安文学的繁荣和进步往往归功于曹氏父子的提倡与领导，他们在这方面的作用虽不宜估计过高，却是不可湮没的。

---

① 郭沫若先生在《论曹植》文中说曹丕是"一位旧式明君的典型"。

当许多文士被曹操收罗，集中在邺下之后，公宴倡和，形成一个文学集团。当时曹操的地位不免高高在上，曹植比较年轻，这个集团的真正中心和主要领导人物乃是曹丕。曹丕和那些文士们"出则连舆，止则接席……酒酣耳热，仰而赋诗"（曹丕《与吴质书》），结成很亲密的文友。他在《典论·论文》和《与吴质书》里论到已故的文友，盛道各人的长处，也指出他们的短处，见解公允，自己立足在较高的地位而措辞婉和谦逊，不失一个领袖的风度。其悼念诸子的话恻恻动人，见出爱才的真情。《文心雕龙·时序》篇说三曹"并能体貌英逸，故俊才云蒸"，就是说他们都能对才士加以礼貌，所以当时作者众多。曹操的"体貌英逸"是提拔文士们做官，曹丕、曹植是和他们结为朋友，而曹丕最能重视他们的创作事业，提倡鼓励的作用更大。

曹丕自己作诗更明显地倾向民歌化。在歌谣各体的仿作和通俗语言的运用上他比曹操更努力。他的最出名的《燕歌行》是现存的最古的七言诗，七言体在汉代谣谚中是普遍的，但在文人笔下出现，当时还是凤毛麟角。《令诗》和《黎阳作》是六言诗，也是新体，这时代才开始有人尝试。《陌上桑》以三三七句式为主，这个形式也是出于歌谣，在当时同样是少见的。曹丕的五言诗更多，占全集的一半。在他的许多杂言诗中，《大墙上蒿行》长到三百六十四字，气魄很大。句子短的三字，长的到十三字，参差变化，形式新异。王夫之评这首诗道："长句长篇，斯为开山第一祖。鲍照、李白领此宗风，遂为乐府狮象。"这些例子都能说明他在各种新形式上的大胆尝试。形式的多样性是曹丕诗的一个特色，也给予当时和后代作家以一定的影响。

在语言和风格上最逼近乐府民歌的是《钓竿行》《临高台》《陌上桑》《艳歌何尝行》《上留田行》等篇。《杂诗》《清河作》等则与《古诗十九首》相近。大都明白自然，确是通俗化的语言。锺嵘《诗品》说他的诗"百余篇率皆鄙质如偶语"，就是说不加雕饰，如同白话，其实也就是语言民歌化。例如"富人食稻与粱，贫子食糟与糠"（《上留田行》），"长兄为二千石。中兄被貂裘。小弟虽无官爵，鞍马駆駆，往来王侯长者游"（《艳歌何尝行》），确是近乎口语，和汉乐府民歌的语言几乎没有分别。他的诗里也采用现成的乐府民歌词句，如《临高台》"我欲躬衔汝，口噤不能开。欲负之，毛衣摧颓"，出于古辞《双白鹄》。《艳歌何尝行》"但当饮醇酒，炙肥牛"，出于古辞《西门行》。"上惭仓浪之天，下顾黄口小儿"，出于古辞《东门行》。这些语言上的特色也是其作品民歌化的一个方面。

《诗品》还说应璩的诗"祖袭魏文，善为古语"，又说陶渊明"其源出于应璩……世叹其质直"。我们知道应璩的诗是多用白话，被后人称为"朴拙"的，陶渊明的诗是"豪华落尽"，"质而自然"的，从这些叙述和评论也可以见出曹丕诗的语言特色。

再从内容考察，曹丕往往取材于"闾里小事"，或歌咏劳人思妇的感情。同于民歌"感于哀乐，缘事而发"的精神。[1] 如《燕歌行》是"悯征戍"的诗，《陌上桑》和《善哉行》（"上山"篇）是"悲

---

[1]《汉书·艺文志》云："自孝武立乐府而采歌谣，于是有赵、代之讴，秦、楚之风，皆感于哀乐，缘事而发。"

行役"的诗,《上留田行》是反映社会贫富不均的诗,《艳歌何尝行》是讽刺贵家游荡子弟的诗,这些作品都有现实性和社会意义,是受了乐府民歌的启发或直接模仿乐府民歌的作品。

和同时作家比较起来,曹丕写男女相恋和离别的诗特别多,本来这类题材在民歌里是最普通的,离别尤其是这时代最普遍的主题,爱好民歌的作家免不了在这方面有所模仿。除《秋胡行》《燕歌行》等可以代表他这一方面的乐府外,他的诗里还有这么一类的题目:《清河见挽船士新婚与妻别作》、《代刘勋出妻王氏作》、《寡妇》(有序云"友人阮元瑜早亡,伤其妻孤寡,为作此诗"),这都是代别人言情,好像作者凡遇言情的题目都不肯放过似的。曹丕这一类的诗也显著地受到了民歌的影响。

民歌化是建安诗的一大特征,这个特征在曹丕的诗里特别显著,我们读曹丕的诗会首先发现这一点。

四

曹植生于 192 年,卒于 232 年。他也是"生于乱、长于军",在汉末极纷乱的社会里也有过一些阅历。204 年,曹操打倒袁绍,取得邺城做根据地,那时曹植正是十三岁。此后直到二十九岁,生活比较安定。在邺中文人集团诗酒流连的生活里,他是很活跃的。他自幼在古典文学的修养方面就打了基础,十岁时就能诵读诗论及辞赋数十万言。他也爱好民间文学,对"俳优小说"也能大量熟记。① 他的文学创作生活开始得很早，他自己曾说"少小好为文章"（《与杨德祖书》）。又说："少而好赋，其所尚也，雅好慷慨，所著繁多。"（《文章序》）他自己曾删定少年时代作品编成《前录》七十八篇。

他在兄弟中表现得最有才能，曹操爱重他不仅因为他长于文学，并且认为他"最可定大事"（《三国志》注引《魏武故事》），所以曾考虑立他做太子。曹氏的僚属中也有人拥护他。但因为他"任性而行，饮酒不节"（《三国志·陈思王植传》），动摇了曹操对他的信任，此议终于不曾实现，却因此引起曹丕对他的猜忌。220年曹丕即位之后便不断打击曹植，起初是杀掉一向拥护曹植的丁仪和丁翼，对曹植严密监视，不久又借故贬了他的爵位。从此曹植便时刻感到"身轻于鸿毛，谤重于泰山"（《黄初六年令》），不能不提心吊胆。六年后曹丕死了，明帝曹叡即位，曹植仍然是被猜忌的，生活上所受到的限制甚至越来越多。他"汲汲无欢"地又活了六年，到了四十一岁就死了。

曹植在他的哥哥和侄儿两代皇帝压迫之下痛苦地活了十二年，十二年中他的最大痛苦是自由被剥夺。朝廷不让他在一个地方久住，常常改换他的封地，也不许他和亲戚来往，更不给他参与政事的机会。用他自己的话来形容，就是成为"圈牢之养物"（《求自试表》）。他的物质生活也是困苦的。他自谓"连遇瘠土，衣食不继"（《迁都赋序》），"块然守空，饥寒备尝"（《社颂序》）。

---

① 《三国志·王粲传》注引《魏略》记载曹植会见邯郸淳的时候对他背诵"俳优小说数千言"。

这许多艰辛在他的诗里都有反映。

如以220年10月（曹丕在这时即帝位）为界，把曹植一生分为前后两期，由于他的生活前后不同，诗的内容也见出差异①。前期的一部分作品确如谢灵运所说"但美遨游，不及世事"（《拟邺中集序》），如《公宴》《斗鸡篇》《侍太子座》等诗和一些"叙酣宴"的乐府，是他在邺城度过的安逸生活的留影，也是邺下文人集团生活的留影。但是更值得注意的是那些关涉社会的诗，如《送应氏》第一首描写了洛阳的残破，为时代的灾难留下了影像。乐府诗《名都篇》则以繁盛时期的洛阳为背景，暴露都市贵游子弟的骄逸生活。又有题作"情诗"的"微阴翳阳景"篇也反映人民在军役不息的时代所受的痛苦。这类作品和后期的《泰山梁甫行》等最能说明曹植诗的（也是建安作者共同的）现实主义精神。

曹植是有热情壮志的人，《白马篇》歌颂游侠，歌颂扬声边塞，为国捐躯，说明他对于壮烈的事业和英雄生活的憧憬。但是他始终没有机会在政治军事上负担重要责任。所以他的前期的生活虽然平顺，在政治上仍然有不得志之感。《美女篇》以女子"盛年处房室"比喻自己虽有才具而无可施展，牢骚不平意在言外。《赠徐幹》诗道："宝弃怨何人？和氏有其愆。弹冠俟知己，知己谁不然？"一面说徐幹怀才不遇，有待于知己（作者自指）的推荐，一面又说知己的境遇也没有什么不同。这是更明显的牢骚。

---

① 曹植的诗有些可以据其所关涉的事实来考定写作时期，有些可以从诗中表现的情感来大致分别前后。本文有关曹植诗写作时期的地方大致依据古直的《曹子建诗笺》。

建安时代的作家大都能摆脱儒家思想的束缚。"魏武好法术，魏文慕通达"（傅玄《举清远疏》），都跳出儒家的圈子。曹植的思想自然也会带着时代的烙印。他在《赠丁翼》诗中道："滔荡固大节，时俗多所拘。君子通大道，无愿为世儒。"吴淇《选诗定论》云："其曰'滔荡固大节'，晋室放诞之风已肇于此矣。"

从以上所引的诗句大致可以见出作者前期的生活、思想、感情。

曹植后期的诗是他的痛苦生活培育出来的，因此更多慷慨之音。他的名作《赠白马王彪》七章是交织着哀伤、愤慨和恐惧之情的长诗。这诗作于黄初四年（223）。在这一年的五月，他和任城王曹彰、白马王曹彪同到洛阳朝会。曹彰到洛阳后就不明不白地死了[①]。曹植和曹彪在七月初回封地，本打算同路东行，但朝廷强迫他们分道。他们在曹丕的猜忌压迫之下，前途茫茫，分手的时候那情绪确是够复杂的。这诗第三章"鸱枭鸣衡轭，豺狼当路衢。苍蝇间白黑，谗巧令亲疏"四句痛骂小人播弄是非，离间骨肉。他对朝廷的愤怒情绪只能这样发泄。第六章写生离死别之感，对着将离去的曹彪想到永逝的曹彰，从曹彰的结局想到自己的前途，悲惧交集。第六章勉强对曹彪宽慰却又掩藏不住自己的悲伤。都是真情实感自然动人的表现。

在《赠白马王彪》诗里作者的情感迸涌而出，比较地不加掩蔽。在别的许多诗里往往用曲折隐微、比兴寄托的方法来表现。

---

① 《三国志》注引《魏氏春秋》说曹彰到洛阳后因文帝不即时召见，"忿怒暴薨"，但《世说新语》说文帝忌惮曹彰骁壮能用兵，将毒药放在枣里，害死了他。

如《吁嗟篇》以转蓬长去本根比喻自己和兄弟隔绝。《七步诗》用其豆相煎比喻骨肉相残，这都是读者最熟悉的。又如"种葛南山下""浮萍寄清水""揽衣出中闺"等篇，作怨女思妇的口吻，借夫妇写君臣，是向曹丕表示心曲的诗。《怨歌行》叙周公待罪居东的故事，借古讽今，是对曹叡剖白自己的诗。还有一些游仙诗，也应该当作咏怀诗来体味，像"九州不足步"（《五游》），"中州非我家"（《远游篇》），"人生不满百，戚戚少欢娱"（《游仙》），"四海一何局，九州安所如"（《仙人篇》）等句，分明都是"忧患之辞"，而不是"列仙之趣"。作者在《赠白马王彪》诗中明说"松子久吾欺"，又曾著《辨道论》骂过方士，可见他并不迷信神仙，游仙诗无非借升天凌云的幻想来发泄苦闷而已，作者隐然自比于屈原的"不容于世，困于谗佞，无所告诉"（王逸《楚辞·远游》序），游仙诗有心仿效《楚辞》，上引各句就是《楚辞·远游》"悲时俗之迫厄"的意思。至于《五游》《远游篇》的诗题就是学《楚辞》，那是更明白不过的了。

此外还有一篇《盘石篇》，所写"经危履险阻"，"南极苍梧野"，也都是想象境界，虽然不是游仙诗，命意也类似《楚辞·远游》。这诗结尾"仰天长太息，思想怀故邦"，和《远游》"临睨旧乡，仆人心悲"的心情正是一样。

曹植对于勋业、荣名的追求却是执着的，他虽在忧患之中不曾厌弃人生，也不想逃避现实。他自谓"怀此王佐才，慷慨独不群"（《薤露行》）。偏偏在有为的壮年不能去建功立业，却被人软禁着，其苦闷是可以想象的。当他按捺不住的时候，也曾上书给明帝要求让他参加对吴蜀的战争。但愈是这样积极愈使得曹叡认为他有野心，猜忌反而加甚，防范也就更严了。当他感觉到"戮力上国，流惠下民，建永世之业，流金石之功"（《与杨德祖书》）的希望完全断绝的时候，便想博个身后之名。这一点在他似乎确有把握，他说："骋我径寸翰，流藻垂华芬。"（《薤露行》）不过，仅仅做个诗人在他还是不甘心的。

他在政治上的失意和生活的艰辛增长了他对人民疾苦的关心，他的《泰山梁甫行》反映"边海民"的贫困，《门有万里客行》道出流浪人的悲哀，《转蓬离本根》（《杂诗六首》之二）描写"从戎士"的饥寒，都贯注了悲悯之情。

曹植自己说"雅好慷慨"，上述这些苦闷而复杂的感情构成他的诗里的慷慨情调。锺嵘《诗品》评曹植的诗道："骨气奇高，词采华茂。""骨气"和这种慷慨的情调是分不开的，而"词采华茂"则说明曹植在诗的语言提炼上的成就。他的古典文学修养有助于提炼诗的语言，但他是在乐府民歌的基础上来提炼的，不是走向汉赋的"深覆典雅"，而是发展乐府民歌的"清新流丽"。其成就正如黄侃《诗品义疏》所说的"文彩缤纷，而不离闾里歌谣之质"。

曹植对于民间文学的看法见于《与杨德祖书》，他说："街谈巷议必有可采，击辕之歌有应风雅。"在诗歌创作的实践上和他的父兄一样，道路是乐府民歌化。他的诗一半以上是乐府歌辞，五言诗是主要的形式，在句调上随处见出乐府民歌的影响，例如：

借问谁家子？幽并游侠儿。少小去乡邑，扬声沙漠垂。

（《白马篇》）

披我丹霞衣，袭我素霓裳……带我琼瑶佩，漱我沉澄
浆。（《五游》）

茱萸自有芳，不若桂与兰；新人虽可爱，不若故所欢。
（《浮萍篇》）

拔剑捎罗网，黄雀得飞飞。飞飞摩苍天，来下谢少年。
（《野田黄雀行》）

本是朔方士，今为吴越民。行行将复行，去去适西秦。
（《门有万里客行》）

借问叹者谁，言是宕子妻。……君若清路尘，妾若浊
水泥。（《七哀》）

欢会难再逢，芝兰不重荣。人皆弃旧爱，君岂若平生？
（《杂诗》）

从这些例子可以看出民歌像清泉流过花园似的浸润着曹植的诗
篇。我们还可以借《美女篇》来较具体地说明他在乐府民歌基础
上的提高。《美女篇》的前半显然采取了古辞《陌上桑》第一解的
表现方法而加以变化。《陌上桑》第一解云：

日出东南隅，照我秦氏楼，秦氏有好女，自名为罗敷。
罗敷喜蚕桑，采桑城南隅。青丝为笼系，桂枝为笼钩。头上
倭堕髻，耳中明月珠。缃绮为下裙，紫绮为上襦。行者见罗
敷，下担捋髭须。少年见罗敷，脱帽着帩头。耕者忘其犁，

锄者忘其锄，来归相怨怒，但坐观罗敷。

《美女篇》前半云：

美女妖且闲，采桑歧路间。柔条纷冉冉，落叶何翩翩！攘袖见素手，皓腕约金环。头上金爵钗，腰佩翠琅玕。明珠交玉体，珊瑚间木难。罗衣何飘飘，轻裾随风还。顾盼遗光彩，长啸气若兰。行徒用息驾，休者以忘餐。借问女何居？乃在城南端。青楼临大路，高门结重关。容华耀朝日，谁不希令颜？

两诗各自写了一位女性的居处、采桑、服饰和容貌。内容相同，风格情调也相近。但叙述的次第和详略，描写的重点和手法有同有不同。我们试比较下列这几处：一、《陌上桑》在叙述句"采桑城南隅"之下用了两句描写采桑的用具。《美女篇》在叙述句"采桑歧路间"之下也用了两个描写句，但不是描写用具而是描写桑树。从"柔条冉冉，落叶翩翩"的描写见出那桑是被"采"着的，和下面"攘袖见素手"一句紧紧连接。这个对动作的叙述是《陌上桑》所没有的。二、《陌上桑》"头上倭堕髻"以下四句写女子的穿戴，《美女篇》从"皓腕约金环"到"轻裾随风还"也是写女子的穿戴，同样用铺排的写法。但是后者不像前者从头部的装饰写起，而是从手腕写到头上。因为那手正在采桑，高出于头，从桑而手而头，才是顺序而下。"缃绮"两句和"罗衣"两句同是写衣裙，但后者不去描写颜色而描写衣裙的飘动，这样就和上文对柔条落叶的描写相应。三、《美女篇》用"顾盼"两句写女子的丰神态度，刻画那"美女"的"美"，这也是《陌上桑》所没有的。四、《陌上桑》"行者见罗敷"以下八句从旁人的举动托出罗敷的美，是诗中精彩之处。《美女篇》作者并不肯呆板地模仿，而将那八句的意思压缩成两句（后者的简练和前者的铺排各有好处）。这两句里的"息驾""忘餐"又和上面的"遗光彩""气若兰"紧相连接，见出动人的是声音笑貌之美，不只是穿戴华丽。从这几点的对照可以看出曹植写《美女篇》确实受到《陌上桑》的影响，但不仅是模仿，而且有所提高。因为描写更细致饱满，形象也就更具体生动（这里比较的是局部的描写不是全篇）。曹丕的作品受民歌影响处有时还显露模拟的痕迹，给人以半成品的印象，如《临高台》就是。这是曹植所没有的缺点。

<h2 style="text-align:center">五</h2>

上文介绍了三曹诗歌的重要作品，那些作品的主要共同特征（也是建安诗歌的共同时代特征）就是现实性、抒发性和通俗性。抒发性可以说明这时代文学的现实性的特点，通俗性则是现实性的内容所决定的。这里就这三点再补充一些说明，为了方便还是先从抒发性谈起。

从两汉辞赋的发展看来，建安以前辞赋的内容以颂扬鉴戒为主，到建安时代便由颂扬鉴戒而抒情化。从乐府诗歌的发展看来，汉乐府民歌本以叙事为主，到建安作家手里便由叙事而抒情化。两者都表明抒发性是建安文学的特色。

谢灵运《拟魏太子邺中集序》说王粲"遭乱流寓，自伤情多"，说应场"流离世故，颇有飘薄之叹"，说陈琳"述丧乱事多"，说曹植"有忧生之嗟"；刘勰《文心雕龙·才略》篇说刘桢"情高以会采"；钟嵘《诗品》说曹操"颇有悲凉之句"，又说王粲"发愀怆之辞"。从这些说明都可以看出建安诗歌的抒发性。

关于建安诗歌，《文心雕龙》又总括地说明道："文帝、陈思……王、徐、应、刘……慷慨以任气，磊落以使才。"(《明诗》篇)又道："观其时文，雅好慷慨，良由世积乱离，风衰俗怨，并志深而笔长，故梗概而多气也。"(《时序》篇)慷慨之音就是建安诗歌抒发性的具体表现。当时文人饱经流离，生活的感触多，这种感触便是慷慨之音的由来。他们一般都有恐惧生命易尽，急于乘时立业，追求不朽之名的思想。如陈琳诗云："骋哉日月逝，年命将西倾，建功不及时，钟鼎何所铭？"(《游览》二首之一)和曹操的"壮心不已"、曹植的"慷慨不群"正相类似。这种感情和"愍乱离"的感情都是建安诗慷慨之音的共同内容。这种内容不但反映了社会的丧乱，也反映了这个新时代文人的积极精神。这样的慷慨悲歌永远有一种强烈的感人力量，后人所谓"梗概多气"或"建安风骨"便是指这一种力量。

建安诗歌不但在思想内容上反映了社会现实，而且还具体地描写了社会生活，前面曾从三曹的作品里举过这一类的例子，其余如王粲的《七哀》、陈琳的《饮马长城窟行》、阮瑀的《驾出北郭门行》、蔡琰的《悲愤诗》等，各自写出社会苦难的一面。这些作家或半生戎马，或历经忧患，实际生活的接触面广，感受得多，体验得深，所以作品的现实性强。另一方面，乐府诗的现实主义精神也给予建安作者直接影响。乐府民歌本是直接描写人民生活的，像《孤儿行》《战城南》一类的乐府对于建安社会诗有直接影响。

乐府民歌对于建安文人诗是从内容到形式都产生影响的。上面谈过三曹诗的民歌化，"民歌化"便包含着语言的通俗性这一特征。将一般建安诗和两汉正统文学——赋颂和四言诗——比较起来，通俗化的色彩是很明显的。尽管比起最初的五言诗（如班固的《咏史》）来，建安作品显得文采化，比起朴质的民歌来，又不免"雅词"化，但基本上还是明白自然的语言，不曾失掉"乐府性"。这一点在当时词采最华茂的曹植诗里也还是很显著的。

这里再略述建安以前文学语言通俗化的趋势。散文方面，在一世纪下半，思想家王充（27—100）已经主张而且实行使用朴实通俗的文字。在辞赋方面，汉灵帝时曾有以乐松、江览为首的"鸿都门学"派，大量制作以"连偶俗语"为形式特征的辞赋。这一派作家曾被世家大族阶层的正统派文人学者所攻击，骂他们为"群小"、为"驩兜"，比之为"俳优"①。这派作品并未保存下来，但从《后汉书·蔡邕传》的叙述，知道那是颇为通俗化的。同时有一位名士赵壹做了一篇《疾邪赋》，赋里夹有两首五言诗，其第一首云："河清不可俟，人命不可延。顺风激靡草，富贵者称贤。文籍虽满腹，

---

① 详见《后汉书》的《蔡邕传》《杨赐传》和《阳球传》。

不如一囊钱。伊优北堂上，肮脏倚门边。"这里面颇有俗语，全诗是很近乎白话的。五言诗本是民歌体，从班固以来间或有文人偶然模仿作一两首，现在用来夹在辞赋里，也可以见出时代风气的转移。这种趋势说明建安时代民歌化、通俗化的诗体一方面为现实性的内容所决定，另一方面也是从一定的基础上发展起来的。

我们在这篇文章的开头曾引用沈约"以情纬文，以文被质"两句话，假如读者问：这"情"是怎样的"情"？"质"是怎样的"质"？"文"是怎样的"文"？现在便可以从以上三点的说明得到答复。

余冠英

一九五六年春

附记：借这次重印的机会，增选了三首诗——曹丕《十五》一首，曹植《离友诗》二首。注文增改较多。此外，为了与后编的《汉魏六朝诗选》《唐诗选》等一致，体例、格式做了较大的改动。

一九七八年夏

曹操

度关山

【题解】

现存曹操的诗全部是乐府歌辞，本篇乐调属《相和歌·相和曲》，内容说执政者应当厉行勤俭、守法、爱民。和《对酒》篇合看可以见出作者的政治理想。

天地间，人为贵。立君牧民，为之轨则。车辙马迹，经纬四极①。黜陟幽明，黎庶繁息②。於铄贤圣！总统邦域③。封建五爵，井田刑狱④。有燔丹书，无普赦赎⑤。皋陶甫侯⑥，

【注释】

① 经纬：织品纵线为经，横线为纬。道路南北为经，东西为纬。这里用作动词，犹言"纵横"。四极：四方极远之处。这两句是说天子出巡可以达到很远的地方。

② 黜陟幽明：《尚书·舜典》成语。黜陟就是贬退和升进。幽明，指人才的劣和优。黎庶：人民大众。息：生长。

③ 於铄：赞美词。於，音乌，叹词。铄，美。这两句赞美得贤君统治国境。

④ 封建：指分封诸侯，王者将土地分给诸侯，使他们建国，并授以爵位。五爵：指公、侯、伯、子、男五等爵位。井田：传说中的周代田制以方九百亩之地为一井，划为九个区，各一百亩，中心的一区为公田，周围八区为私田，平分给八家，八家同养公田。这就是所谓井田制度。

⑤ 燔：焚烧。丹书：犯人罪行的记录，用朱色书写。无普赦赎：言赦免和赎罪的办法不要普遍应用于各等罪刑。这两句意思就是宁可焚丹书而废除刑罚，不容许滥赦滥赎，使刑罚有名无实。据旧史所记，曹操"用法峻急"，"有犯必戮"。他是提倡法家精神的。

⑥ 皋陶：人名，虞舜时代狱官之长。甫侯：即吕侯，周穆王时为司寇（掌刑狱的官）。

何有失职？嗟哉后世，改制易律。劳民为君，役赋其力。舜漆食器，畔者十国⑦，不及唐尧，采椽不斫⑧。世叹伯夷，欲以厉俗⑨。侈恶之大，俭为共德⑩。许由推让，岂有讼曲⑪？兼爱尚同，疏者为戚⑫。

【注释】

⑦ 舜漆食器：其事未详。食器是吃饭用具。畔：犹"叛"。相传舜有天下，诸侯不服的有十三国，见《说苑》。

⑧ 采椽不斫：采（或写作"採"）是柞木。以柞木做椽，不加雕斫，言其俭朴。

⑨ 伯夷：商末孤竹君的长子，父死让国。商亡后隐居首阳山，采薇而食。厉：劝勉。

⑩ 俭为共德：言节俭是上下一致遵守的道德。《左传》"俭德之共也，侈恶之大也"，是此二句所本。据旧史所记，曹操素性节俭，《魏书》说他"不好华丽，后宫衣不锦绣，侍御履不二采，帷帐屏风坏则补纳，茵褥取温，无有缘饰"，所以这首诗对于俭德是很强调的。

⑪ 许由：唐尧时人。尧让天下给许由，许由不肯接受，且以为耻辱。讼曲：言争辩曲直。

⑫ 兼爱、尚同：《墨子》书里的两个篇名。墨子提倡兼相爱交相利，又主张在下者必须同于上。疏者为戚：戚是亲近。作者以为行兼爱、尚同之道就没有亲疏之分，疏者也成为亲者了。

薤露行

【题解】

    本篇是《相和歌·相和曲》歌辞。《薤露》和《蒿里》(见下)都是挽歌,出殡时挽柩人唱的。《薤露》古辞言人命短促,像薤叶上的露水容易消灭。曹操的乐府诗开始用古题写时事,这篇叙述何进召董卓,祸国殃民。公元189年,汉大将军何进密召董卓向京城进军,以便大杀宦官。谋泄,何进被宦官张让等所杀。张让并劫少帝和陈留王出走。后被董卓迎还。董卓把少帝废为弘农王(不久又把他杀了),立陈留王为帝,就是献帝,当东方讨董的武装起来后,董卓焚烧洛阳,挟献帝西迁长安。

惟汉二十世,所任诚不良 ①。沐猴而冠带,知小而谋强 ②。

【注释】

① 惟汉二十世:惟是助词。这句一作"惟汉二十二世",考汉朝世系,从高祖刘邦到灵帝刘弘是第二十二代。(这诗作于汉献帝时,献帝这一代不计算在内。)作"二十世"是举其成数,因为全诗都是五言句,不得不如此。但原来也许作"二十二世",秦、汉石刻二十常作"廿"。所任:指何进。

② 沐猴:楚人称猕猴曰"沐猴"。沐猴而冠,见《史记·项羽本纪》,这句话是骂人只有人样子,没有人性或人的智慧。知小而谋强:是说以小智而为大谋。这句也是用成句,"知小而谋大"见《易经·系辞》下。

犹豫不敢断，因狩执君王③。白虹为贯日，己亦先受殃④。贼臣持国柄，杀主灭宇京⑤。荡覆帝基业，宗庙以燔丧。播越西迁移，号泣而且行⑥。瞻彼洛城郭，微子为哀伤⑦。

【注释】

③ 执君王：指张让、段珪逼迫少帝和陈留王奔小平津的事。

④ 白虹为贯日：古人相信天上有白虹贯日的现象就表示人世有凶惨的事，特别是危害君主的事。这里指弘农王被杀。初平元年（190）正月董卓弑弘农王，二月白虹贯日。何进在前一年八月被杀，所以说他"先受殃"。此句以上都是叙何进误国。

⑤ 贼臣：指董卓。中平六年（189）九月董卓杀何太后，自为太尉，十一月为相国。

⑥ 播越：迁徙跋涉。初平元年（190）春迁都长安，董卓强迫百姓西迁入关，并将洛阳宫庙人家放火烧毁。

⑦ 微子：名启，商纣之兄。微是国名，子是爵位。《尚书·大传》说他在商亡后见宫室毁坏，废墟上生长禾黍，作了一篇《麦秀》之歌（《史记》说是箕子所作），以表哀感。这里作者以微子自比，言作者望洛阳而慨叹，正如微子见殷墟而悲伤。

蒿里行

【题解】

　　本篇是《相和歌·相和曲》歌辞。古辞现存，言人死魂魄归于蒿里。蒿里又名"蒿里"。"蒿""蒿"都同于"槁"，人死则枯槁，所以死人的居里名"蒿里"。又名"下里"，因为假想的蒿里在地下。《薤露》和《蒿里》都是东齐产生的谣讴，《蒿里》比《薤露》更普遍些。曹操这篇叙汉末讨伐董卓的群雄互争权利，造成丧乱，也是当时的实录。这篇和上篇都是咏丧亡之哀，性质和挽歌还是相近的。《古今注》说古《薤露》是王公贵人出殡时用的，《蒿里》是士大夫庶人出殡时用的。曹操这两篇，《薤露行》是以哀君为主，《蒿里行》则是哀臣民，似乎也有次第。

　　关东有义士，兴兵讨群凶 ①。初期会盟津，乃心在咸阳 ②。军合力不齐，踌躇而雁行 ③。势利使人争，嗣还自相戕 ④。淮

【注释】

① 关东：指函谷关以东。义士：指起兵讨伐董卓的诸将领。初平元年（190）春，关东州郡起兵讨卓，推渤海太守袁绍为盟主。

② 盟津：地名，就是孟津（在今河南孟州南），相传周武王伐纣时和诸侯在此地会盟。咸阳：地名，秦的都城，在今陕西咸阳东。这两句是说本来期望团结群雄，像周武王会合诸侯，吊民伐罪；初心是要直捣洛阳，像刘邦、项羽之攻入咸阳。两句都是用典，不是实叙。下文所叙是违反本来目的的事实。

③ 齐：一致。这两句说诸将各怀观望，力量不能合一。

④ "嗣还"句：当时袁绍、公孙瓒等互相攻杀。还，读为"旋"，嗣还言其后不久。

南弟称号，刻玺于北方⑤。铠甲生虮虱，万姓以死亡。白骨露于野，千里无鸡鸣⑥。生民百遗一，念之断人肠。

【注释】

⑤ "淮南"句：指袁术（袁绍的从弟）于建安二年（197）在寿春（今安徽寿县，在淮水之南）称帝号。玺，天子所用的印。初平二年（191）袁绍谋立刘虞做天子，刻作金印。

⑥ 铠就是甲。虮：虱卵。这四句说连年征战，将士长久不得解甲，百姓死亡惨重。

对酒

【题解】

本篇是《相和歌·相和曲》歌辞，叙述作者理想中的太平之世。

对酒歌，太平时，吏不呼门。王者贤且明，宰相股肱皆忠良①。咸礼让，民无所争讼②。三年耕有九年储，仓谷满盈，班白不负戴③。雨泽如此，百谷用成④。却走马，以粪其土田⑤。爵公侯伯子男，咸爱其民，以黜陟幽明⑥。子养有若父与兄⑦。

【注释】

① 股肱：股是大腿，肱是臂膊，人的工作行动靠股肱，国君施政靠辅佐之臣，所以股肱又成为辅佐之臣的代称。

② 争讼：疑当作"讼争"，争字协韵。

③ 班白，又作"斑白"或"颁白"，指头发半白的老年人。负戴：用肩背和头部载物。这里统指劳力的事。这里是用《孟子》里的话，孟子以为不使老人负戴于道路是良好政治所应有的效果之一。

④ 用成：因而丰收。

⑤ 却：引退。走马：善跑的好马。粪是动词，就是在田中施肥料。这句是说将原来用于走远道的马退而用之于耕田，本于《老子》"天下有道，却走马以粪"。老子以为这种人人各务农业，知止知足，无求于外的景象是最好的。

⑥ 这三句说诸侯都能爱民，用人赏罚分明，贬恶进贤。"黜陟幽明"见《度关山》注②。

⑦ 子养：待之如子。

犯礼法，轻重随其刑。路无拾遗之私。囹圄空虚，冬节不断⑧。
人耄耋，皆得以寿终⑨。恩泽广及草木昆虫⑩。

【注释】

⑧ 囹圄空虚：牢狱里没有囚犯。断：判罪。在汉朝冬节（冬至日）是判决罪犯的时候。
　冬节不断是说无罪犯可判决，正为了囹圄空虚之故。

⑨ 耄耋：年九十曰"耄"，八十曰"耋"。

⑩ 恩泽：泽，一作"德"。

　　　　　　　　　　　　　　　　　　　　　三曹诗选

短歌行

【题解】

《短歌行》，属《相和歌·平调曲》。乐府有《短歌行》又有《长歌行》，据《乐府解题》，其分别在歌声长短。这一篇似乎是用于宴会场合的歌辞，其中有感伤乱离，怀念朋友，叹惜时光消逝和希望得贤才帮助他建立功业的意思。晋乐所奏删去八句，分为六解。这篇是本辞。

对酒当歌，人生几何①？譬如朝露，去日苦多②。慨当以慷，幽思难忘③。何以解忧？唯有杜康④。青青子衿，悠悠我心⑤。但为君故，沉吟至今⑥。呦呦鹿鸣，食野之苹。我有嘉

【注释】

① 当：义同"对"。这两句说人生饮酒听歌的行乐时间是不多的。
② 苦：患。这两句说人本来很短暂，可悲的是逝去的日子又已甚多。
③ 慨当以慷：犹云"当慨而慷"。将"慷慨"二字颠倒并隔开来，是为了叶韵和足成四字句。幽思：深隐之思。歌声所以慷慨正为幽思难忘的缘故。
④ 杜康：相传开始造酒的人，一说是周代人，一说是黄帝时代人。这里用作酒的代称。
⑤ 青青子衿：衿是衣领，青衿是周代学子的服装。悠悠：长貌，形容思念之情。这两句用《诗经·郑风·子衿》篇成句，表示对贤才的思慕。
⑥ 君：指所思慕的人。沉吟：低吟深思。这两句说为了所思慕的贤才，所以深深吟味《子衿》之诗。

宾，鼓瑟吹笙⑦。明明如月，何时可掇？忧从中来，不可断绝⑧。越陌度阡，枉用相存⑨。契阔谈䜩，心念旧恩⑩。月明星稀，乌鹊南飞。绕树三匝，何枝可依⑪？山不厌高，海不厌深⑫。周公吐哺，天下归心⑬。

【注释】

⑦ 呦呦：鹿叫唤的声音。苹：艾蒿。这四句是《诗经·小雅·鹿鸣》篇成句，《鹿鸣》本是宴客的诗，这里借来表示招纳贤才的热情。

⑧ 掇：采拾。一作"辍"，停止。明月是永不能拿掉的，它的运行也是永不能停止的，"不可掇"或"不可辍"都是比喻忧思永不能断绝。

⑨ 越陌度阡："陌""阡"是田间的道路。古谚有"越陌度阡，更为客主"的话，这里用成语，言客人远道来访。存：省视。

⑩ 契阔谈䜩就是说两情契合，在一处谈心宴饮。契阔，契是投合，阔是疏远，这里"契阔"是偏义复词，偏用"契"字的意义。旧恩：旧日的情谊。

⑪ 匝：周围。本章月明星稀是写实景，乌鹊无依似比喻人民流亡。

⑫ 这两句比喻贤才多多益善。

⑬ 哺：是口中咀嚼着的食物。《史记》载周公自谓："一沐三握发，一饭三吐哺，起以待士，犹恐失天下之贤。"这两句引周公自比，说明求贤建业的心思。

苦寒行

【题解】

　　本篇是《相和歌·清调曲》歌辞。这诗是曹操在建安十一年（206）征高干时所作。高干是袁绍之甥，降曹后又反，当时屯兵在壶关口。曹操从邺城（在今河北临漳）出兵，取道河内，北度太行山。其时在正月。诗中写行军时的艰苦。

　　北上太行山①，艰哉何巍巍！羊肠坂诘屈②，车轮为之摧。树木何萧瑟③！北风声正悲。熊罴对我蹲，虎豹夹路啼。溪谷少人民④，雪落何霏霏。延颈长叹息⑤，远行多所怀。我心

【注释】

① 太行山：指河内的太行山，在今河南沁阳北。
② 羊肠坂：指从沁阳经天井关到晋城的道。诘屈：纡曲。
③ 萧瑟：风吹树的声音。
④ 溪：山里的水沟。山居的人都聚在溪谷近旁，既然溪谷少人民，山里别处更不用说了。
⑤ 延颈：伸长脖子，表怀望。

何怫郁？思欲一东归⑥。水深桥梁绝，中路正徘徊。迷惑失故路，薄暮无宿栖。行行日已远，人马同时饥。担囊行取薪，斧冰持作糜⑦。悲彼东山诗，悠悠使我哀⑧。

【注释】

⑥ 怫郁：心不安。东归：曹操是沛国谯县人。汉代的谯县在今安徽亳州。作者怀念故乡，所以说"思欲东归"。

⑦ 这两句说担着行囊采集薪柴，用斧子斫冰煮粥。"斧"字用作动词。

⑧ 东山：《诗经·豳风》篇名。《东山》诗写远征军人还乡，旧说是周公所作。这里提到《东山》，一则用来比照当前行役的苦况，二则以周公自喻。

步出夏门行

【题解】

步出夏门行，又称"陇西行"，属《相和歌·瑟调曲》。"夏门"是洛阳北面西头的城门，汉代名为"夏门"，魏晋叫"大夏门"。古辞只存"市朝人易，千岁墓平"两句，见《文选注》。从这两句看来，原诗内容是人生无常的慨叹。（洛阳北门外有邙山，多坟墓。诗用"步出夏门"开端，正如《古诗》以"驱车上东门，遥望郭北墓"起头。）《乐府诗集》另有古辞"邪径过空庐"一篇，写升仙得道。曹操这一篇和两首古辞的内容都不相干，是"借古乐府写时事"的又一例。本篇分五个部分：最前是"艳"，艳是前奏曲，相当于后来词曲的"引子"。下面是《观沧海》《冬十月》《土不同》《龟虽寿》四章。艳辞不整齐，和正曲四章不同，又有不甚可解的地方，可能本是用散文写的序，后来合乐时用作艳，为了迁就乐调不免改变原来的句读。正曲每章末尾两句也是入乐时加上的，和正文无关。（此类不关正文的词句用【】号表明，下同。）

云行雨步，超越九江之皋①。临观异同，心意怀游豫，不

【注释】

① 九江之皋：指荆州。建安十二年（207）曹操和部下商量扫荡袁绍的残余势力，当时高干（袁绍之甥）投奔到荆州，为刘表所收容。袁熙和袁尚（袁绍之子）都在乌桓。曹操部下诸将多数主张南征刘表，唯有郭嘉主北伐乌桓。这里开头两句似说初意要用兵于荆州。"云行雨步"似用《易·乾·文言》"云行雨施"成语，表示将施泽惠给荆州人民。

知当复何从 ②。经过至我碣石，心惆怅我东海 ③。

【注释】

② 异同：指南征和北伐两种意见。游豫就是"犹豫"，言徘徊于两种意见之间，初意打算南征，等到临观异同之后便犹豫起来了。

③ 碣石：山名。一说这里指《汉书·地理志》所载骊成（今河北乐亭西南）的大碣石山（六朝时代已沉陷到海面以下，汉末还在陆上），另一说即指今河北昌黎的碣石山(今距海已稍远，汉末情况可能不同)。曹操征乌桓时经过此山，登临望海。

一

【题解】

　　这是正曲的第一解，即第一章。标题是"观沧海"。这一章写登山望海，是建安时代描写自然的名作。曹操这回出兵的时候是夏五月，七月出卢龙，九月从柳城回军，归途中登碣石山。

　　东临碣石，以观沧海①。水何澹澹，山岛竦峙②。树木丛生，百草丰茂。秋风萧瑟，洪波涌起。日月之行，若出其中；星汉灿烂，若出其里③。【幸甚至哉，歌以咏志。】④

【注释】

① 沧海：指渤海。
② 澹澹：水波动荡貌。竦峙：竦，同"耸"，就是高。峙，立。
③ 星汉就是银河。这四句写沧海包含之大。
④ 歌以咏志：咏，一作"言"。志，意。末二句是合乐时所加，不关正文，下同。

二

【题解】

第二章标题是"冬十月"，这一章写归途所见。曹操九月从柳城回军，次年正月到邺城，他在途中经历一个冬季。

孟冬十月，北风徘徊。天气肃清，繁霜霏霏。鹍鸡晨鸣，鸿雁南飞 ①，鸷鸟潜藏，熊罴窟栖 ②。钱镈停置，农收积场 ③。逆旅整设 ④，以通贾商。【幸甚至哉，歌以咏志。】

【注释】

① 鹍鸡：鸟名，似鹤，黄白色。鸿雁：雁的复称。一说大雁为鸿。
② 鸷鸟：猛禽。（一作"蛰鸟"，似误。）鸷鸟、熊罴本非十分畏寒的动物，现在也不出来觅食了，二句极写严寒。
③ 钱、镈都是农具的名称。此句是说农事已毕。
④ 逆旅：专供旅客经过暂住的地方。

三

【题解】

这一章的标题是"土不同"，或作"河朔寒"，写河朔的气候和民风。

乡土不同，河朔隆寒①。流澌浮漂②，舟船行难。锥不入地，蘁藾深奥③。水竭不流，冰坚可蹈④。士隐者贫⑤，勇侠轻非⑥。心常叹怨，戚戚多悲。【幸甚至哉，歌以咏志。】

【注释】

① 河朔：指黄河之北。

② 流澌：漂浮流动的冰块。

③ 锥不入地：言地面冻得很坚硬。蘁藾：蘁是芜菁苗，藾，同"莉"，就是蒿子。这两句是说地冻田荒。

④ 水竭不流：《三国志》注引《曹瞒传》说："时寒且旱，二百里无复水……凿地入三十余丈乃得水。"当时经过的路很长，"流澌浮漂"和"水竭不流"不是同一地方的景象。不过从"冰坚"句看来，水竭不一定指干旱水绝，而是说河流冻塞。

⑤ 士隐者贫：隐是忧痛。这句是说河朔之士所忧虑痛心的就是贫穷。

⑥ 轻非：轻易做非法的事。《史记·货殖列传》说燕人"雕悍少虑"，意思相同。

四

【题解】

这一章的标题是"龟虽寿"，大意说人寿有限而壮志无穷，但祚命长短不一定全由天定，人也有可努力处。

神龟虽寿，犹有竟时①。腾蛇乘雾，终为土灰②。老骥伏枥，志在千里；烈士暮年，壮心不已③。盈缩之期，不但在天；养怡之福，可得永年④。【幸甚至哉，歌以咏志。】

【注释】

① 神龟：龟之一种。古人以龟代表长寿的动物。《庄子·秋水》篇："吾闻楚有神龟死已三千岁矣。"虽然相传它能够活到三千岁，还是不免一死，所以说"犹有竟时"。

② 腾蛇乘雾：腾蛇，又作"螣蛇"，是传说中的神物，和龙同类，能兴云驾雾。"螣蛇游雾"见《韩非子·难势》篇。以上四句说传说中的神物也有生命告终之时。

③ 枥：马棚。烈士：指重义轻生的或积极于建功立业的人士。这四句说良马虽老，不忘奔驰千里的愿望，比喻烈士虽老，还有建功立业的雄心。

④ 盈缩：指进退、升降、成败、祸福等。养怡：犹"养和"。怡，一作"恬"。末四句言对于身心修养得法也可以延长寿命，可见得成败祸福不全然由天安排。

却东西门行

　　"却东西门行"是《相和歌·瑟调曲》歌辞。乐府有《东门行》《西门行》，又有《东西门行》。《东西门行》大约是合并《东门行》和《西门行》的调子。曹操此题作《却东西门行》，后来陆机又有《顺东西门行》，"却"和"顺"有人以为是倒唱和顺唱之别，这些都是乐调的变化。本篇写征夫怀乡之情，无本事。

　　鸿雁出塞北，乃在无人乡。举翅万余里，行止自成行。冬节食南稻，春日复北翔。田中有转蓬，随风远飘扬。长与故根绝，万岁不相当①。奈何此征夫，安得去四方②？戎马不解鞍，铠甲不离傍。冉冉老将至③，何时返故乡？神龙藏深泉，猛兽步高冈④。狐死归首丘，故乡安可忘⑤？

【注释】

① 转蓬：蓬是菊科植物，蓬花如球，遇风就被吹起，随着风旋转，所以叫转蓬。鸿雁往返自由，转蓬任风摆布，不自由，作者以转蓬自比。当：遭遇。

② 征夫：在行旅之中的人，指作者自己。去四方：言离去四方而归还故乡。（曹操《让县令》道："欲秋夏读书，冬春射猎，求底下之地，欲以泥水自蔽……然不能得如意。"可以作"安得去四方"的注解。）

③ 冉冉：渐渐。

④ 深泉、猛兽：泉，疑当作"渊"，兽，疑当作"虎"，是唐代人因避讳改的。（唐高祖名渊，太祖名虎。）

⑤ 狐死首丘：本是古语，见屈原《哀郢》。首丘，"丘"是狐的窟穴所在，"首"就是趋向。篇末以动物各有定所比人之不忘故乡。

曹丕

钓竿行

【题解】

钓竿行,《乐府诗集》列在《鼓吹曲辞》。古辞已经亡佚,但从崔豹《古今注》的说明知道那是写夫妇爱情的。(《古今注》云:"钓竿者,伯常子避仇河滨为渔者,其妻思之而作也,每至河侧辄歌之。")本篇也是情歌。

东越河济水,遥望大海涯[1]。钓竿何珊珊,鱼尾何簁簁[2]。行路之好者,芳饵欲何为[3]。

【注释】

[1] 河、济:指黄河和济水。海涯:海滨。这两句说越河济而东望海滨。
[2] 珊珊:玉佩的声音。钓竿不会有声音,"珊珊"或是"姗姗"之误。"姗姗"是走路的姿态,用来形容钓竿的颤动。簁簁:犹"漇漇",形容鱼尾像濡湿的羽毛。在歌谣里钓鱼常常用做男女求偶的象征隐语。《诗经·卫风》有"籊籊竹竿,以钓于淇"两句,汉乐府《相和歌》辞有"竹竿何袅袅,鱼尾何离簁"两句,都是有关男女的诗。
[3] 好:爱悦。这两句是说那对我表示爱慕的路人虽有芳饵是没用处的,我是不会上钩的。

曹丕　　　　　　　　　　　　　　　　　　　　　　　　　49

十
五

【题解】

这也是乐府旧题，古辞不传。本篇写登山，上半写草木，下半写禽兽。朱乾《乐府正义》引《水经注》关于曹丕在大石山打猎遇虎的记载，似以这首诗为写实之作，未知是否。

登山而远望，溪谷多所有①。梗柟千余尺②，众草芝盛茂③。华叶耀人目，五色难可纪④。雊雏山鸡鸣⑤。虎啸谷风起⑥。号罴当我道，狂顾动牙齿。

【注释】

① 多所有：指草木丰茂，即下四句所写。

② 梗：音骈，又名黄梗木。柟：即楠木。都是乔木。

③ 芝，一作"之"。这句说众草之中有芝草独茂。

④ 纪：记。

⑤ 雏：音购，雄雉鸣。山鸡：和雉同类，又名鹲雉或山雉。

⑥ 朱乾《乐府正义》云："《水经注》：魏文帝猎于大石山，虎超乘舆，孙礼拔剑投虎于是山。山在洛阳南。"这一句所写或许就是当时的情况。

短歌行

【题解】

　　这是曹丕思亲之作。王僧虔《技录》说："魏氏遗令使节朔奏乐，魏文制此辞，自抚筝和歌，声制最美。"

　　仰瞻帷幕，俯察几筵①。其物如故，其人不存。神灵倏忽，弃我遐迁②。靡瞻靡恃，泣涕涟涟③。呦呦游鹿，草草鸣麑。翩翩飞鸟，挟子巢栖④。我独孤茕，怀此百离⑤。忧心孔疚，莫我能知⑥。人亦有言："忧令人老。"⑦嗟我白发，生一何蚤⑧？长吟永叹，怀我圣考⑨。曰"仁者寿"，胡不是保⑩？

【注释】

① 瞻：仰视。筵：竹席。这两句说瞻仰死者的遗物。
② 倏忽：疾速。遐迁：远离。
③ 靡瞻靡恃：用《诗经》成语。(《诗经·小弁》："靡瞻匪父，靡依匪母。"又《蓼莪》："无父何怙，无母何恃。")靡，无。恃，依靠。涟涟：向下流貌。
④ 草草：心不安貌。"草"是"懆"的借字，心动为懆。草草，一作"衔草"。鸣麑：呼唤小鹿。这四句以动物亲手相偕反衬自己失去父亲的悲哀。
⑤ 孤茕：孤单无所依。离：和"罹"通，忧。"百离"就是多种的悲苦。
⑥ 忧心孔疚：成语，见《诗经·小雅·采薇》篇和《杕杜》篇。孔疚是很痛苦的意思。
⑦ 忧令人老：成语，见《古诗》。言忧愁使人早衰。
⑧ 蚤：通"早"。
⑨ 圣考：指曹操，父死称考。
⑩ 仁者寿：成语，见《论语》。末两句是说既然古语说仁者可以长寿，何以我的父亲活得不够长呢？

曹丕

51

燕歌行二首

【题解】

　　燕歌行，属《相和歌·平调曲》。乐府诗题目上冠以地名，如本题和《齐讴行》《吴趋行》《会吟行》《陇西行》等，都是以各地声音为主，到后代声音失传，作者便用来咏各地的风土。燕是古代北方边地，征戍不绝，所以《燕歌行》多半写离别。本篇写女子怀念在远方做客的丈夫，是言情的名作。

　　秋风萧瑟天气凉，草木摇落露为霜①。群燕辞归鹄南翔，念君客游多思肠。慊慊思归恋故乡，君何淹留寄他方②？贱妾茕茕守空房，忧来思君不敢忘，不觉泪下沾衣裳③。援琴鸣弦发清商，短歌微吟不能长④。明月皎皎照我床，星汉西流夜未央⑤。牵牛织女遥相望，尔独何辜限河梁⑥。

【注释】

① 摇落：凋残。

② 鹄：天鹅。慊慊：空虚之感。淹留：久留。这四句以候鸟归飞故土反兴旅人滞留异乡，欲归不得。

③ 茕茕：孤单。这三句言相思忧伤之情。

④ 清商：曲调名。清商音节短促，所以下句说"短歌微吟不能长"。

⑤ 夜未央：夜已深而未尽的时候。古人用观察星象的方法测定时间，这诗所描写的景色是初秋的夜间，牛、女在银河两旁，初秋傍晚时正见于天顶，这时银河应该西南指，现在说"星汉西流"，就是银河转向西，夜自然已很深了。

⑥ 尔：指牵牛和织女。何辜：犹"何故"。河梁：河上的桥。传说牵牛和织女隔着天河，只能在每年七月七日相见，乌鹊为他们搭桥。

其二

【题解】

本篇所写和上篇相同。这两篇是我们所能见到的最古的完整的七言诗，所以被人特别注意。晋乐所奏增加"悲风清厉秋气寒，罗帏徐动经秦轩"两句，文字也有不同。

别日何易会日难，山川悠远路漫漫^①。郁陶思君未敢言，寄声浮云往不还^②。涕零雨面毁容颜^③，谁能怀忧独不叹？展诗清歌聊自宽^④，乐往哀来摧肺肝。耿耿伏枕不能眠，披衣出户步东西，仰看星月观云间^⑤。飞鸧晨鸣声可怜，留连顾怀不能存^⑥。

【注释】

① 漫漫：长。

② 郁陶：陶，音遥。亦作"郁悠"，思念积聚。声：音讯。"寄声浮云往不还"是说所寄的音书像浮云一去不返。

③ 零：落。雨面：眼泪像雨似的淋湿了面孔。雨是动词。

④ 展诗清歌：展开诗篇来歌唱。独歌而无管弦相和叫作清歌。这里即指唱《燕歌行》。

⑤ 耿耿就是"炯炯"，不安貌。这三句说不能安眠，出户徘徊，直到早晨。

⑥ 鸧：鸟名，像鹭鸶，大如鹤，青苍或灰色。顾怀：思念。存：省察。

曹丕

秋胡行

【题解】

　　秋胡行，属《相和歌·清调曲》。相传春秋时，鲁国有一个名叫秋胡的人，娶妻五天就离家到陈国去做官，经过五年才回家。路上遇见一个美貌的采桑女子，秋胡喜爱她，送她黄金，她拒绝了。秋胡回家见到他的妻，原来就是在路上所见的那位采桑女。他的妻鄙薄他，不愿和他在一起生活，投到河里自杀了。这故事见于《西京杂记》和《列女传》。《秋胡行》古辞就是歌咏这个故事的，诗已亡佚。这篇是怀人的诗，和秋胡故事无关。

　　朝与佳人期，日夕殊不来[①]。嘉肴不尝，旨酒停杯[②]。寄言飞鸟，告予不能[③]。俯折兰英，仰结桂枝。佳人不在，结之

【注释】

① 日夕：挨近黄昏的时候。
② 肴：煮熟的肉类。旨：美。这两句说无心饮食。
③ 告予不能：是说寄言给那位佳人我不能再忍耐了。能，和"耐"通。

何为^④？从尔何所之^⑤？乃在大海隅。灵若道言，贻尔明珠^⑥。企予望之，步立踟蹰^⑦。佳人不来，何得斯须^⑧？

【注释】

④ 兰英：兰花。古代习俗男女用香草香花相赠就是爱慕的表示。兰桂都是芳香的植物。结：束，系。(《离骚》"结幽兰而延伫"，《九歌》"结桂枝兮延伫"，都是贮芳待赠，这里"俯折兰英，仰结桂枝"是同样的情思。)

⑤ 从尔：从是追逐，尔指佳人。

⑥ 灵若：指海若(海神名)。灵就是神。贻尔：贻是赠送，尔还是指佳人。这两句说请海神向佳人致意，寄赠明珠。

⑦ 企予望之：抬起脚跟来望她。这是用《诗经·河广》篇的成句。企是举踵。予犹"而"。

⑧ 斯须：顷刻。末二句言佳人既不来，片刻都难挨了。

曹丕

善哉行

【题解】

《善哉行》是《相和歌·瑟调曲》歌辞。古辞"来日大难"篇是宴会时宾主赠答的歌，现存。曹丕这一篇写旅客怀乡的感情，是四言诗中有名的作品。（本篇《乐府诗集》作魏武帝辞，今从《宋书·乐志》。）

上山采薇，薄暮苦饥①。溪谷多风，霜露沾衣。野雉群雊，猿猴相追②。还望故乡，郁何垒垒③！高山有崖，林木有枝。忧来无方，人莫之知④。人生如寄，多忧何为？今我不乐⑤，

【注释】

① 采薇：薇是豆科植物，野生，可食。但用来充饥却不行。《诗经·小雅》有《采薇》篇，是写戍卒痛苦的诗，本篇用意相似。

② 雊：音购，雄雉求偶的唤声。这两句写鸟兽群居之乐，和游子的心情对比。

③ 郁何垒垒：郁郁形容茂密，这是重言而用一字。垒垒形容重叠。何是语助词（和汉乐府"颎颎何煌煌""隐隐何甸甸"何字用法相同）。这一句指高山林木。

④ "林木有枝"的"枝"字和"人莫之知"的"知"字音义双关。本于古《越人歌》"山有木兮木有枝，心悦君兮君不知"。

⑤ 今我不乐：用《诗经·蟋蟀》篇成句。

岁月如驰^⑥。汤汤川流^⑦，中有行舟。随波转薄，有似客游^⑧。
策我良马，被我轻裘。载驰载驱，聊以忘忧^⑨。

【注释】

⑥ "岁月如驰"句从《诗经·蟋蟀》篇"日月其除"等句变化出来。如驰，一作"其驰"，
又作"驰驰"。

⑦ 汤汤：水奔流貌。

⑧ 转薄：转是回旋，薄是停泊。有似客游：将旅行的客和漂泊的舟相比，本意是说
游客像行舟，故意说成行舟似客游。

⑨ 载驰载驱：载是助词，驰是放马快跑，驱是鞭马前进。这句是用《诗经·卫风·载
驰》篇成句。末四句说聊以漫游解忧。

善哉行

【题解】

本篇是情诗。

有美一人，婉如清扬^①。妍姿巧笑，和媚心肠。知音识曲，善为乐方^②。哀弦微妙，清气含芳。流郑激楚，度宫中商^③。感心动耳，绮丽难忘。离鸟夕宿，在彼中洲。延颈鼓翼，悲鸣相求^④。眷然顾之，使我心愁。嗟尔昔人，何以忘忧^⑤。

【注释】

① 婉如就是"婉然"，美。清扬：清是目之美，扬是眉上之美。"有美"两句用《诗经·郑风·野有蔓草》篇成句。
② 乐方：音乐的法度。"善为乐方"言精通乐律。
③ 流郑激楚：郑指郑国的音乐，郑、卫之音是春秋时代流行的新声。激楚本是歌舞曲名，但本诗将"流郑"和"激楚"相对，是以"楚"为楚国之乐。"流"和"激"都是动词，言流动和激扬。度宫中商：言合于音律。度、中都有合的意思。宫、商是五音中的两个音。
④ 中洲：即洲中。延颈鼓翼：喻人的辗转反侧之状。这四句是比兴，以鸟的离别引出并比拟人的相思。
⑤ 眷然就是"睠然"，回顾貌。"嗟尔"两句言此种感情是古今人所同有的，不晓得从前的人是怎样排遣。

丹霞蔽日行

【题解】

　　这是《相和歌·瑟调曲》歌辞。本篇所写是从自然界现象引起的人生感慨。"丹霞""采虹"使人感觉到灿烂时期的短暂，水流、"木落"使人联想到行止和荣枯不能自主，孤禽失群见出意外的悲剧之难于避免，最后月的盈亏和花的开谢两个比喻用来说明盛衰总归是不常的，荣华是靠不住的。

　　丹霞蔽日，采虹垂天①。谷水潺潺，木落翩翩②。孤禽失群，悲鸣云间。月盈则冲，华不再繁③。古来有之，嗟我何言。

【注释】

① 丹霞：指红云。古人云、霞合用，不大去分别，例如《新序》说："云霞充咽即夺日月之明。"《文选》刘渊林注道："霞，赤云也。"这里说红霞遮蔽了太阳，也是用"霞"字，和"云"无别。
② 潺潺：水流声。翩翩：飞舞貌。
③ 冲：虚。华：开花。

上留田行

【题解】

　　本篇是《相和歌·瑟调曲》歌辞。古辞现存两篇（都不完全），一载《乐府广题》（《乐府诗集》引），一见《文选注》。崔豹《古今注》说"上留田"是地名。那儿有一个人父母死后不养活他的孤弟，邻人为其弟作歌以讽其兄。本篇模拟古辞。诗中"富人"和"贫子"也许就是指古辞本事里的兄和弟。"禄命悬在苍天"以下几句是代"贫子"发牢骚。每句之下有"上留田"三个字，那是和声，无关文义。

　　居世一何不同？【上留田】富人食稻与粱，【上留田】贫子食糟与糠①。【上留田】贫贱亦何伤？【上留田】禄命悬在苍天②。【上留田】今尔叹息，将欲谁怨？【上留田】

【注释】

① 糟、糠：糟是酿酒所余的渣滓，糠是谷皮，都是极粗贱的食物。
② 禄命：古人迷信盛衰、贫富、贵贱、夭寿等都由天定，禄命就是指决定富贵或贫贱的命运。

大墙上蒿行

【题解】

本篇是《相和歌·瑟调曲》歌辞。古辞今不传。这篇极力铺陈服饰的美丽，宫室、女乐、酒食的精致，内容像汉赋。这是劝隐士出山做官的诗，和汉高祖所说"有能从我游者，我能尊显之"意思相同。这诗句法参差，自由奔放，对后来的大诗人鲍照、李白都有影响。

阳春无不长成①。草木群类，随大风起，零落若何翩翩，中心独立一何茕②！四时舍我驱驰，今我隐约欲何为③？人生居天地间，忽如飞鸟栖枯枝④。我今隐约欲何为？

适君身体所服，何不恣君口腹所尝⑤？冬被貂鼲温暖⑥，夏当服绮罗轻凉。行力自苦，我将欲何为？不及君少壮之时，

【注释】

① 阳：春的同义字，合称则为"阳春"。长成：滋生茂盛。
② 中心：指草木的茎干。茕：孤独。这四句说草木一旦被摧残，则叶子枯落，茎干孤立。
③ 隐约：隐居，过穷困的生活。
④ 忽：速。"飞鸟栖枯枝"喻不能久。这两句用比语申说"四时舍我驱驰"的意思，言人生短促。
⑤ 恣：放纵。这两句说，你何不求衣服适体，口腹满足？本诗中的"君"和"我"都指一人，是自问自答时用的代称。
⑥ 貂、鼲都是动物名，貂（音凋）又叫貂鼠，生活在东北的森林中。鼲（音浑）就是灰鼠，吉林省的特有。这两种动物的皮制成裘是很名贵的。

曹丕

乘坚车策肥马良⑦。上有仓浪之天，今我难得久来视；下有蠕蠕之地，今我难得久来履⑧。何不恣意遨游，从君所喜？

　　带我宝剑，今尔何为自低昂⑨？悲丽平壮观，白如积雪利秋霜⑩。駏犀标首，玉琢中央⑪。帝王所服，辟除凶殃。御左右，【奈何】致福祥⑫。吴之辟闾，越之步光，楚之龙泉，韩有墨阳，苗山之铤，羊头之钢，知名前代，咸自谓丽且美，曾不知君剑良绮难忘⑬。

【注释】

⑦ 这四句说，为何自寻苦吃而不去及时行乐，驱驰坚车良马呢？

⑧ 仓浪：青苍的颜色。蠕蠕：动。履：行走，践踏。这四句说人在天地间不能久长。

⑨ 今尔何为自低昂：尔指宝剑。低昂是一高一下地动。（作者在《于谯作》那首诗里有"长剑自低昂"之句，这里的低昂也是指剑说的。）

⑩ 悲丽平壮观：悲是嗟叹。平，正。这句是说，赞叹宝剑的美正而壮观。利，一作"若"。（这句不甚可解，姑且采用《乐府正义》的解说。）

⑪ 駏犀标首：以駏和犀牛的角做剑柄的头。駏是兽名，见《山海经》，有独角。犀牛也有独角。玉琢中央：剑柄的中央用玉做装饰。这两句写剑柄。

⑫ 奈何：这两个字和正文无关，是入乐时所加。这四句总说这宝剑的不凡。

⑬ 辟闾：剑名，春秋时代的名剑工欧冶子所铸。又名湛卢。步光：剑名，越王勾践所佩。龙泉，本作"龙渊"，唐朝人避李渊讳改"渊"为"泉"。这是欧冶子和干将合铸的剑。墨阳：韩国地名，其地产剑，因而成为剑名。苗山：楚国的地名。铤，未成器的钢铁。羊头之钢：指一种名叫白羊子的刀（见《淮南子》"羊头之销"句注）。上党壶关县有羊头山，见《汉书·王莽传》。"羊头"或指此。良绮：甚为华美。以上九句历举古代名剑作比较。

冠青云之崔嵬，纤罗为缨，饰以翠翰，既美且轻^⑭。表容仪，俯仰垂光荣。宋之章甫，齐之高冠，亦自谓美，盖何足观^⑮？

排金铺，坐玉堂。风尘不起，天气清凉^⑯。奏桓瑟，舞赵倡。女娥长歌，声协宫商。感心动耳，荡气回肠^⑰。酌桂酒，脍鲤鲂。与佳人期为乐康。前奉玉卮，为我行觞^⑱。

今日乐，不可忘。乐未央。为乐常苦迟，岁月逝，忽若飞。何为自苦，使我心悲^⑲？

【注释】

⑭ 崔嵬：高而不平。诗中说高耸的冠上达青云，当然是极度夸张的形容，本于《楚辞·涉江》"冠切云之崔嵬"。缨：冠上的两根丝绳，可以在颔下打结，使冠稳固。翠翰：翡翠鸟和锦鸡的羽毛。这四句写美冠。

⑮ 章甫：宋国的冠名。高冠：即高山冠，出在齐国。这四句说古之名冠都不能及。

⑯ 排：推。金铺：指门上的铺首。铺首衔着门环，多用铜制。这四句言居处之美。

⑰ 桓瑟：齐国的瑟。赵倡：赵国都城邯郸出女乐，古乐府云："作使邯郸倡。"女娥：指女英和娥皇，唐尧的二女。"女娥长歌"是用张衡《西京赋》的成句。这六句言音乐之美。

⑱ 鲂：鳊鱼。行觞：斟酒给人喝。这五句言饮食之美。

⑲ 结尾仍回到及时行乐，勿隐约自苦的意思，和篇首相应。

艳歌何尝行

【题解】

　　这是《相和歌·瑟调曲》歌辞。本篇《宋书·乐志》作古辞,《乐府诗集》依王僧虔《技录》作魏文帝辞。诗中写富贵之家的荒唐子弟,不务正业。途穷日暮,妻室悲怨。前半叙述其人的浮荡,后半作为其妻室的口吻责备他并劝诫他。前五解是正曲,后十句是"趋"。(趋是乐曲的一部分,相当于后来词曲的尾声。)

　　何尝快独无忧?但当饮醇酒,炙肥牛^①。长兄为二千石^②。中兄被貂裘。小弟虽无官爵,鞍马盭盭,往来王侯长者游^③。但当在王侯殿上,快独樗蒲六博,坐对弹棋^④。男儿居世,各

【注释】

① 快独:犹"快绝",快乐无比的意思。炙:烧烤。"饮醇酒,炙肥牛"二句用古乐府《西门行》成句。

② 二千石:汉代官的等级名。东汉二千石的俸是每月百二十斛谷。

③ 盭盭:马驰。长者:指官高位尊的人。

④ 樗蒲:一种古代的赌博游戏,玩的时候投掷五枚木制的骰子,称为五木,两头尖锐,两面不同色,一白一黑,分别刻"枭""雉""卢""犊"等彩。六博:古代的棋。两人用十二枚黑白棋子对下。弹棋:一种游戏。在石制的局上相对排列黑白子各六枚,更次弹。

当努力。蹙迫日暮，殊不久留⑤。少小相触抵，寒苦常相随⑥。忿恚安足争？吾中道与卿共别离⑦。约身奉事君，礼节不可亏⑧。上惭仓浪之天，下顾黄口小儿⑨。【奈何】复老心皇皇，独悲谁能知⑩？

【注释】

⑤ 蹙迫：穷促急迫。殊不久留：言时间不等人。

⑥ 妻对夫说，彼此在少年时就有抵触，但还能甘苦相共。

⑦ 恚：忿怒。争：通"诤"，谏阻。卿：称谓语。夫妇可以互称卿，这里是妻称夫。这两句妻说夫一味忿恚不容诤谏，以致中道分离。

⑧ 约：约束。这两句妻劝夫约束自身，奉事君主，勿亏礼节。

⑨ 古乐府《东门行》有"上用仓浪天故，下当用此黄口儿"二句，这里稍变其词，用来劝夫行事要上不愧天，下顾儿女。

⑩ 皇皇：不安。末二句妻说自己老来还为夫担忧。

煌煌京洛行

【题解】

　　这是《相和歌·瑟调曲》歌辞。本篇列举古人成败的事例，供后人借鉴。第一解说人生要有所建树，不能虚度，要有建树就必须具备真实的才能。第二解说要保身全名就得能放能收，实说实干。第三解说人臣要戒欺诈，人君须信忠言。第四解说有几分本领做几分事。末解说择主而仕或功成身退都是好的。

　　夭夭园桃，无子空长。虚美难假，偏轮不行①。淮阴五刑，鸟尽弓藏②。保身全名，独有子房③。大愤不收，褒衣无带。

【注释】

① 夭夭：美盛貌。这四句以夭桃不结果和车辆只有偏轮比人生虚度。

② 淮阴五刑：汉初淮阴侯韩信谋反，被吕后所杀，诛戮三族（父族、母族、妻族）。《汉书·刑法志》说汉初有"夷三族之令"，令的大意是说该夷三族的人先要被黥（在脸上刺字）、劓（割鼻子）、斩断左右脚趾、然后用棍打死、割下脑袋，悬挂示众，并将骨肉切碎。如犯人曾诽谤詈骂，又要先把舌头割了。所以夷三族就是"具五刑"。韩信就是受到这样处分的一个。鸟尽弓藏：当汉初的功臣韩信还做楚王的时候，在陈谒见刘邦。刘邦正怀疑韩信要造反，便把他逮捕。韩信道："常言说：'狡兔死，走狗烹；高鸟尽，良弓藏；敌国破，谋臣亡。'现在天下已定，我本该死了。"

③ 子房：张良的字。张良本是韩国人，秦灭韩后张良为韩报仇，帮助刘邦灭秦定天下。刘邦封他为留侯。他从此就学导引辟谷（神仙家的修炼术），对世事抱不关心的态度。刘邦手下的功臣到后来能保全的不多，而张良的结果很好，所以作者举他和韩信对比。

　　　　　　　　　　　　　　　　　　　　　　　三曹诗选

多言寡诚，抵令事败^④。苏秦之说，六国以亡^⑤。倾侧卖主，车裂固当^⑥。贤矣陈轸，忠而有谋。楚怀不从，祸卒不救^⑦。

【注释】

④ 大愤不收：愤，疑当作"帻"，因形近而误。帻是包头发的巾。"大帻不收"和下句"褒衣无带"正相对。大幅头巾不能收敛头发和宽大的衣服没有带子意思也相同，都是比喻空言无实，大而无当，能放而不能收。

⑤ 苏秦：战国时代的辩士，是"多言寡诚"的典型人物。他游说六国抗秦，佩六国相印。

⑥ 倾侧卖主，车裂固当：苏秦做齐国的卿相而与燕王私下勾结，计划颠覆齐国，和燕共分齐国的土地。后来阴谋泄露了，苏秦被齐王处以车裂的酷刑。（车裂就是将人的四肢连系在几辆车子上，车向不同的方向开驶，人体就被拉成几块。）这是依据《战国策》。《史记》记载苏秦之死由于被刺，和《战国策》不同。

⑦ 陈轸：张仪为秦国游说楚怀王和齐国绝约，允许割让商於之地六百里给楚。楚王同意了。陈轸认为这样做是受了张仪的骗，等到楚、齐绝约之后，秦不但不会履行诺言，而且会和齐国联合攻楚。后来果如其言。

曹丕

祸夫吴起，智小谋大。西河何健，伏尸何劣⑧。嗟彼郭生，古之雅人。智矣燕昭，可谓得臣⑨。峨峨仲连，齐之高士，北辞千金，东蹈沧海⑩。

【注释】

⑧ 吴起：卫国人，曾在魏国做西河守，防御秦国，很有声名。后来投奔楚悼王，做了楚国的令尹，施行削弱公族势力的政策，和许多公族贵戚结下仇怨。悼王死后宗室大臣举兵攻吴起，吴起逃到楚王宫内伏在悼王的尸体上，终于被乱箭射死。作者认为以吴起的才智做魏国的西河守是相称的，到楚国后所做的事情就超出了他的能力，以小智为大谋，所以得祸。

⑨ 郭生：指郭隗。《史记》说燕昭王初即位，准备招揽贤士。郭隗对燕昭王说：你如真要礼待贤士最好先从我开始，那些比我高明的人见到我在这里被优待，自然就来了。燕昭王采纳他的建议，果然乐毅、邹衍等有才能的人都从别国跑来。雅人：正人。

⑩ 峨峨：高貌。仲连：鲁仲连，齐国人，曾在邯郸说服赵国的执政者平原君和魏国的使者辛垣衍放弃了投降秦国，尊秦为帝的计划，使赵国免于屈辱，平原君以千金报酬他，不受而去。后来他又帮助齐将田单攻下燕国的聊城。齐国要封他，他也不接受，逃到海边过隐居生活去了。作者以为像鲁仲连这样功成不受赏，长揖而去，是最明智的。

芙蓉池作

【题解】

　　这诗写铜雀园的夜景。曹丕在未做皇帝的时候常常和曹植、王粲、徐幹、应玚、刘桢、阮瑀等人聚会游宴，"酒酣耳热，仰而赋诗"。曹植、王粲、刘桢、阮瑀等诗人的《公宴诗》都是记宴游，写风景与曹丕唱和之作。这些诗都是邺下诗人集团的生活留影。芙蓉，荷花。

　　乘辇夜行游，逍遥步西园①。双渠相溉灌，嘉木绕通川②。卑枝拂羽盖，修条摩苍天③。惊风扶轮毂④，飞鸟翔我前。丹霞夹明月，华星出云间。上天垂光彩，五色一何鲜。寿命非松乔⑤，谁能得神仙。遨游快心意，保己终百年。

【注释】

① 辇：用人力拉的车。西园：即铜雀园，见《善哉行·朝游》篇。
② 嘉木绕通川：言美好的树林为流水所环绕。
③ 羽盖：车盖用羽毛做装饰。修：长。
④ 惊风：急风。扶轮毂：沿着车轮轴头。
⑤ 松乔：赤松子和王子乔，两人都是传说中的仙人。

于玄武陂作

【题解】

建安十三年（208）曹操开玄武池用来练水师。池在邺城（今河北临漳）西南。本篇也是记游写景之作。

兄弟共行游，驱车出西城。野田广开辟，川渠互相经。黍稷何郁郁①，流波激悲声。菱芡覆绿水，芙蓉发丹荣②。柳垂重荫绿，向我池边生。乘渚望长洲，群鸟谨哗鸣③。萍藻泛滥浮，澹澹随风倾④。忘忧共容与，畅此千秋情⑤。

【注释】

① 黍、稷：黄小米和高粱。
② 芡：植物名，睡莲科水草，叶为盾状，有刺，俗名鸡头。荣：草本植物所开的花。
③ 渚：小洲。谨，通作"喧"，呼噪。
④ 泛滥：广阔貌。澹澹：水动摇貌。
⑤ 容与：舒散，闲适。千秋情：长期不忘之情。

杂诗二首

【题解】

　　用"杂诗"两字做诗题最初见于《文选》所选的汉魏人诗。这些诗原先大概都有题目,后来题目失去了,选诗的人便称之为"杂诗"。这里两首都是游子诗,是拟古乐府或古诗之作,不必拿当时的事实来附会。

　　漫漫秋夜长,烈烈北风凉。展转不能寐①,披衣起彷徨。彷徨忽已久,白露沾我裳。俯视清水波,仰看明月光。天汉回西流,三五正纵横②。草虫鸣何悲,孤雁独南翔。郁郁多悲思,绵绵思故乡。愿飞安得翼,欲济河无梁。向风长叹息,断绝我中肠。

【注释】

① 展转:展同辗,辗也就是转。这里是说睡时不住地翻身。
② 天汉回西流:银河由西南指转向正西,表示夜已经深了(说见《燕歌行·秋风》篇)。三五:指星。《诗经·小星》:"三五在东",三指心星或参星,五指嘴星或昂星。这里似泛指群星。

其二

【题解】

本篇借浮云喻"客子"。

西北有浮云，亭亭如车盖^①。惜哉时不遇，适与飘风会^②。吹我东南行，行行至吴会^③。吴会非我乡，安得久留滞。弃置勿复陈^④，客子常畏人。

【注释】

① 亭亭：远而无所依靠的样子。

② 飘风：暴起的风。

③ 吴会：吴本是秦会稽郡，后汉时分吴和会稽为两郡。这里吴会就指吴郡和会稽郡。

④ 弃置勿复陈：搁在一边不要再谈了。这五字是乐府诗套语。

清河作

【题解】

　　清河是淇水的支流,出内黄县(今河南内黄)之义阳乡。

　　方舟戏长水,澹澹自浮沉①。弦歌发中流,悲响有余音②。音声入君怀,悽怆伤人心。心伤安所念?但愿恩情深。愿为晨风鸟,双飞翔北林③。

【注释】

① 方舟:并两船。澹澹:见前。《玉台新咏》作"湛澹",这里从《艺文类聚》。
② 悲响有余音,一作"悲风漂余音"。
③ 晨风:鸟名,就是鹯,像鹞子,青黄色。北林:林名。末尾两句本于《诗经·晨风》篇"鴥彼晨风,郁彼北林"。

清河见挽船士
新婚与妻别作

【题解】

这篇《艺文类聚》作徐幹诗，今从《玉台新咏》。"清河"见上篇，两篇该是同时的作品。挽船士，指拉纤的兵士。

　　与君结新婚，宿昔当别离①。凉风动秋草，蟋蟀鸣相随②。冽冽寒蝉吟，蝉吟抱枯枝③。枯枝时飞扬，身轻忽迁移。不悲身迁移，但惜岁月驰。岁月无穷极，会合安可知？愿为双黄鹄④，比翼戏清池。

【注释】

① 宿昔：是"夙夕"两字的假借，或作"夙昔"，犹旦夕或早晚，言为时不久。

② 蟋蟀鸣相随：以物的相偶兴人的离别。

③ 冽冽：寒貌。"蝉吟抱枯枝"喻空房独守。

④ 黄鹄：鹄是天鹅，白色。黄鹄是传说中的大鸟，一飞千里，不是普通的鹄。

【题解】

　　《艺文类聚》载前一首作魏文帝诗。邢凯《坦斋通编》载后一首，引《玉台新咏》作曹植诗，今本《玉台新咏》两篇同载，题《刘勋妻王氏杂诗二首》，以为王氏自作，今从集本。据《玉台新咏》此诗小序，王氏名宋，她和刘勋结婚二十多年，因无子被出。刘勋别娶司马氏女。

　　翩翩床前帐，张以蔽光辉。昔将尔同去，今将尔共归^①。缄藏箧笥里，当复何时披^②？

【注释】

① 将：携带。尔：指帐。同去：同往夫家。共归：同返母家。
② 箧笥：都是盛衣服的竹器。披：打开。

其二

　　谁言去妇薄？去妇情更重^①。千里不唾井，况乃昔所奉^②。远望未为遥，峙嶹不得共^③。

【注释】

① 去妇：脱离夫家的女子。

② 千里不唾井：是说对于自己常饮水的井，即使将要离开它走向千里之外，也不肯将唾液吐在里面。因为爱它所以不肯弄脏它。比喻对丈夫虽然离婚还是照常爱护他。后来李白也本着这个意思作了两句诗道："古人不唾井，莫忘昔缠绵。"但《资暇录》说俗谚所谓"千里井，不反唾"，"唾"当为"莝"（"莝"是切碎的干草，喂马用），曾有人经过一个驿站，把马莝倒在井里，以为自己绝不会再喝这井的水。谁知后来竟又经过此处，并汲水解渴，他已忘了倾倒马莝那回事，碎草把他的嗓子哽住了，因此而死。此说不一定可信，但也可以供参考。

③ 峙嶹：和"踟蹰"相同，是要前进又不前进的样子。

曹植

箜篌引

这是《相和歌·瑟调曲》歌辞。古辞《公无渡河》篇现存，写一个女子悲悼她的溺水而死的丈夫。这一篇是宴宾客的歌辞，和《箜篌引》本事无关。本篇前半是宴饮的描写，后半是议论。大意说盛满不常是一定的道理，君子明白这个道理就是知命，因而就无所忧而且能"久要不忘"，"谦谦磬折"。本篇又题为《野田黄雀行》，因为在《野田黄雀行》那个曲调里也歌唱过这篇辞。箜篌，乐器名，体曲而长，二十三弦。

置酒高殿上，亲交从我游①。中厨办丰膳，烹羊宰肥牛。秦筝何慷慨，齐瑟和且柔②。阳阿奏奇舞，京洛出名讴③。乐

【注释】

① 亲交：亲近的友人。

② 秦筝：筝是弦乐器，古筝五弦，形如筑。秦人蒙恬改为十二弦，变形如瑟。唐以后又改为十三弦。齐瑟：瑟是弦乐器，有五十弦、二十五弦、二十三弦、十九弦几种。在齐国都城临淄这种乐器很普遍（见《战国策》）。

③ 阳阿：《淮南子》注说"阳阿"是人名，古代的名倡。梁元帝《纂要》（《太平御览》引）以为古艳曲名。这里用来和"京洛"相对，是以为地名。《汉书》说赵飞燕微贱时属阳阿公主家，学歌舞。这个阳阿是县名，在今山西阳城西北。京洛：即洛京，指洛阳。这两句说奏阳阿来的奇舞，唱洛阳出的名歌。

曹植　　　　　　　　　　　　　　　　　　　　　　　　79

饮过三爵,缓带倾庶羞④。主称千金寿,宾奉万年酬⑤。久要不可忘,薄终义所尤⑥。谦谦君子德,磬折何所求⑦?惊风飘白日,光景驰西流⑧。盛时不再来,百年忽我遒⑨。生存华屋处,零落归山丘。先民谁不死,知命复何忧⑩?

【注释】

④ 爵:酒杯。缓带:解带(脱去礼服换便服)。庶羞:多种美味。

⑤ 称:举。寿:以金帛赠人表示敬意为寿。酬:答谢。这两句说,主人以千金赠客,客祝主人万年。

⑥ 久要:旧约。(《论语》:"久要不忘平生之言,亦可以为成人矣。")尤:过失。这两句说,对朋友始厚而终薄是道义所不许的。

⑦ 谦谦:卑谦貌。磬折:弯着身体像磬(磬是石制乐器,作八形)一般,这是恭敬的样子。何所求:言无所求。君子谦恭虚己并非有求于人。何所,一作"欲何"。

⑧ 惊风:疾风。光景:指白日。

⑨ 再来,一作"可再"。百年:指人一生将尽之年。我遒:迫近我。

⑩ 先民:过去的人。命:指人皆有死。

三曹诗选

薤露行

这是作者言志的诗，大意说人生短暂，必须及时建立功业，否则也要以著作垂身后之名。作者《与杨德祖书》道："吾虽德薄，位为藩侯，犹庶几戮力上国，流惠下民，建永世之业，留金石之功。"就是这首诗前半的意思。那篇书札又说："若吾志未果，吾道不行，则将采庶官之实录，辨时俗之得失，定仁义之衷，成一家之言。"就是这诗后半的意思。

天地无穷极，阴阳转相因①。人居一世间，忽若风吹尘②。愿得展功勤，输力于明君③。怀此王佐才，慷慨独不群④。鳞

【注释】

① 阴阳转相因：言日月运行，四时循环。

② 忽：急速。"忽若风吹尘"是说生命短促，这是汉末诗人常用的比喻。(《古诗》："人生寄一世，奄忽若飙尘。")

③ 功勤：功劳。输力：运用其能力。作者在《求自试表》说"常恐先朝露填沟壑，坟土未干，而身名并灭"，又说"欲逞其才力，输能于明君"，就是以上六句的意思。

④ 王佐才：辅佐王者的才能。作者以政治才能自负，曹操也曾认为他"最可定大事"。慷慨：悲壮的感情。作者的诗文里常见这两个字。这也是建安诗文中常见的感情。

曹植

介尊神龙，走兽宗麒麟⑤。虫兽犹知德，何况于士人？孔氏删诗书，王业灿已分⑥。骋我径寸翰，流藻垂华芬⑦。

【注释】

⑤ "鳞介"二句：传说水族以龙为尊长，正如走兽以麒麟为宗主。

⑥ 孔氏删诗书：相传《诗经》和《尚书》都经孔子删定。《史记·孔子世家》说古传的诗有三千余篇，孔子去其重复，取其"可施于礼义"的，留下三百零五篇，编成一部《诗经》。孔安国《尚书序》说孔子"讨论《坟》《典》，断自唐虞以下，讫于周。芟夷烦乱，剪截浮辞"，编成《尚书》百篇。王业灿已分：言从孔子删《诗》《书》之后，帝王的事业已经很明白地分列在典籍之中了。

⑦ 骋我径寸翰：挥洒我的圆径不过一寸的笔。骋是奔驰，翰是笔毫，骋翰就是纵笔。流藻垂华芬：藻是文采，芬是芳香。言使文采流传后代，以成不朽之名。末四句是说孔子从事删述，对人的贡献很大，我如在王佐事业上不能发展，也可以借著作留名。作者所重视的是学说著作和历史，其次才是诗赋，从《与杨德祖书》可以看出来。

鰕䱇篇

【题解】

本篇是《相和歌·平调曲》歌辞。《乐府解题》说"曹植拟《长歌行》为《鰕䱇》"。《长歌行》是慷慨激烈的调子，（古诗云："长歌正激烈。"）这篇诗也正是慷慨激烈之词。大意说壮士的壮志往往不是一般人所能认识的，正如燕雀不识鸿鹄之志。壮士所忧的是国事（"皇家"），而不是个人的得失（"势利"）。作者以这样的"壮士"自命。

鰕䱇游潢潦，不知江海流。燕雀戏藩柴，安识鸿鹄游[①]？世士此诚明，大德固无俦[②]。驾言登五岳，然后小陵丘[③]。俯

【注释】

① 鰕就是鲂，又名斑鱼。溪涧中常见，长数寸。䱇，亦作"鳝"，就是黄鳝。潢潦：潢是积水池，潦是雨后道路上的水。藩柴：篱笆。鸿鹄：单称就是鹄，又名天鹅。

② 此诚明：犹言"诚明乎此"，就是说真正明白了这一点。无俦：无比。

③ 驾言：驾是以马驾车，言是助词。五岳：据《尔雅》，泰山、华山、霍山、恒山、嵩山为东西南北中五岳。陵丘：指小山。

观上路人，势利惟是谋④。高念翼皇家，远怀柔九州⑤。抚剑而雷音，猛气纵横浮⑥。泛泊徒嗷嗷，谁知壮士忧⑦？

【注释】

④ 上路：就是路上，指仕宦的道路。势利惟是谋：只在权位势力等私人利益上打主意。

⑤ 高念：崇高的思想。翼：辅助。皇家：指魏国。远怀：远大的怀抱，和"高念"相对。柔：安定。九州：据《禹贡》，古九州之名是冀、兖、青、徐、扬、荆、豫、梁、雍。

⑥ 抚剑而雷音：抚剑就是持剑。而，同"如"。"雷音"是比喻，言威如雷霆之震。《庄子·说剑》篇说剑有天子剑、庶人剑、诸侯剑。又说："诸侯之剑以知勇士为锋，以清廉士为锷，以贤良士为脊……此剑一用如雷霆之震也，四封之内无不宾服而听君命者矣。"《庄子》所说的剑是比喻，本诗也是。曹植的身份是诸侯，所以取《庄子》"诸侯剑"之说。

⑦ 泛泊：指世上一般漂漂荡荡、混日子的人。作者在《杂诗》里有句云"烈士多悲心，小人偷自闲"，和本诗末两句意思相同。

吁嗟篇

【题解】

　　《乐府解题》说这篇是拟《苦寒行》之作。《乐府诗集》列在《相和歌·清调曲》。《魏志·曹植传》说作者"十一年中而三徙都，常汲汲无欢"。裴松之在注这几句的时候引本诗，以为太和三年（229）徙东阿后所作。在这篇诗里，作者以"转蓬"自喻，因为封地屡次迁移，所以有"宕宕何依"的感叹。明帝不许诸王入朝，骨肉之间生离就等于死别，（作者在《求存问亲戚疏》道："近且婚媾不通，兄弟永绝，吉凶之问塞，庆吊之礼废。恩纪之违甚于路人，隔阂之异殊于胡越。"）所以又有"长去本根"的悲哀。

　　吁嗟此转蓬，居世何独然^①！长去本根逝，宿夜无休闲^②。东西经七陌，南北越九阡^③。卒遇回风起^④，吹我入云间。自谓终天路，忽然下沉泉。惊飙接我出，故归彼中田^⑤？当南

【注释】

① 吁嗟：叹词。转蓬：见曹操《却东西门行》注①。
② 长去：永离。宿夜：早晚。
③ 七陌、九阡：指东西南北广大地区。
④ 卒：同"猝"，忽然。
⑤ 飙：暴风从下而上。故：同"顾"，犹"岂"。中田：就是田中。"惊飙"二句是说暴风虽把我接出深渊，何尝是把我送回田中？

而更北，谓东而反西。宕宕当何依⑥，忽亡而复存。飘飖周八泽，连翩历五山⑦，流转无恒处，谁知吾苦艰？愿为中林草，秋随野火燔⑧。糜灭岂不痛，愿与株荄连⑨。

【注释】

⑥ 宕宕：犹"荡荡"。

⑦ 飘飖：飞翔不定。八泽：泽是水聚处，《淮南子》说中国境内有八大泽。又有"八薮"之称，见《汉书》。连翩：飞貌。五山：华山、首山、太室、泰山及东莱。见《史记·孝武本纪》。

⑧ 燔：烧。

⑨ 糜：烂。株，一作"根"。荄：草根。作者在《释思赋》《七步诗》和本篇都用同根比喻骨肉之亲。篇末几句是说宁愿毁灭，不能忍受兄弟永别的痛苦。

豫章行
二首

【题解】

  此篇《乐府诗集》列在《相和歌·清调曲》。古辞《白杨篇》说大材小用，托树木为言。曹植《豫章行》第一首说人生穷达祸福难以预料，但如执政者能像周公那样求贤若渴，有才德的人就不会终久困穷。作者在《求自试表》说："今臣志狗马之微功，窃自惟度，终无伯乐韩国之举，是以於悒而窃自痛者也。"这篇也有求自试的意思。

  穷达难预图，祸福信亦然。虞舜不逢尧，耕耘处中田①。太公未遭文，渔钓终渭川②。不见鲁孔丘，穷困陈蔡间③？周公下白屋④，天下称其贤。

【注释】

① 《史记·五帝本纪》说舜曾在历山耕田，在雷泽打鱼。四岳在尧面前推荐他。尧在观察他相当长时间以后，便使他摄行天子的政事。

② 《史记·齐太公世家》说周西伯（文王）出外打猎，在渭水之阳遇见太公望（吕尚），一番谈话之后便请他同归，立他为师。

③ 《史记·孔子世家》说孔子周游列国，到了陈、蔡两国之间，楚国遣人来聘孔子，被陈、蔡大夫所忌。他们发兵围攻孔子。孔子绝粮，弟子们饿得起不来。

④ 下白屋：言下交贫贱之士。白屋是贱人所居，见《汉书·萧望之传》注。

其二

【题解】

此篇说骨肉之间本该相亲，但周公当政的时候仅有一个康叔和他相睦，管叔、蔡叔同是骨肉，却用流言来中伤他。可见权利所在虽是骨肉也要相争。那么像子臧和季札以君位让人确实是难得的了。这诗称赞子臧、季札有自明其心的意思。

鸳鸯自朋亲，不若比翼连。他人虽同盟，骨肉天性然。周公穆康叔，管蔡则流言①。子臧让千乘，季札慕其贤②。

【注释】

① 穆：同"睦"。《左传》："太姒之子唯周公、康叔为相睦也。"康叔是武王同母最小的弟弟，名封，初封于康，后封于卫。管、蔡流言：周武王死时，成王年幼，周公摄政。叔鲜（封于管）和叔度（封于蔡）散放流言，说周公将不利于成王。这两人也是武王之弟。

② 子臧：人名，春秋时代曹国公子。诸侯讨曹成公，要立子臧为君，子臧不愿，因而逃避到宋国。千乘：一车四马为一乘。有兵车千乘的国称为"千乘之国"。这里"千乘"就是"千乘之国"的简称。季札：人名，春秋吴王寿梦的小儿子。寿梦死后长子诸樊要让位给季札，季札不接受，并以子臧自比（见《史记·吴太伯世家》）。

三曹诗选

浮萍篇

【题解】

《乐府诗集》作《蒲生行浮萍篇》，属《相和歌·清调曲》。本篇写弃妇希望恢复旧爱，作者可能有借此"讽君"的意思。

浮萍寄清水，随风东西流。结发辞严亲，来为君子仇^①。恪勤在朝夕，无端获罪尤^②。在昔蒙恩惠，和乐如瑟琴^③。何意今摧颓，旷若商与参^④。茱萸自有芳^⑤，不若桂与兰；新人虽可爱^⑥，不若故所欢。行云有反期，君恩倘中还^⑦？慊慊

【注释】

① 结发：指男女成年的时期。古代男二十岁加冠，女十五岁用笄，都要挽起头发，所以叫"结发"。严亲：指父母。严就是尊。后人专以"严亲"称父。君子仇：君子是妻对夫的称谓。仇是匹配。

② 恪：敬。尤：过失。"无端"句一作"中年获愆尤"。

③ 如瑟琴：《诗经·棠棣》篇"妻子好合，如鼓瑟琴"，言夫妇感情融洽像琴与瑟两种乐器所奏出来的乐音之相和。

④ 摧颓：犹"蹉跎"，失时。旷：远。商、参都是星名，参星在西方，商星在东方，出没两不相见。

⑤ 茱萸：植物名，又名越椒。

⑥ 可爱，一作"成列"。

⑦ 倘：或。

曹植

仰天叹，愁心将何愬^⑧？日月不恒处，人生忽若寓^⑨。悲风来入帷，泪下如垂露。散筐造新衣，裁缝纨与素^⑩。

【注释】

⑧ 愬：诉。

⑨ 寓：寄居。

⑩ 纨与素：素是生绢，纨是素之更轻细的。最后两句是设想新人的情形。

当来日大难

【题解】

　　此篇属《相和歌·瑟调曲》。古《善哉行》歌辞有"来日大难"一篇，是宴会上宾主赠答的诗。这篇用《善哉行》乐调，内容也是宴宾客，拿来歌唱，代替"来日大难"篇，所以题目叫《当来日大难》。后来鲍照的拟古乐府诗往往在题目上加一个"代"字，如《代东门行》《代白头吟》，"当"就是"代"的意思。

　　日苦短，乐有余，乃置玉樽办东厨①。广情故，心相于②。阖门置酒，和乐欣欣。游马后来③，辕车解轮④。今日同堂，出门异乡。别易会难，各尽杯觞。

【注释】

① 办：具备。置备食物叫办，古今相同，汉乐府有"促令办粗饭""大兄言办饭"等例，今人也说办酒席、办菜。东厨：古制厨房在住宅的东边，所以有东厨之称。（一说，庖厨之门在东。）
② 情故：犹"情素"，真挚的盛情。相于：相亲。
③ 游马后来：游马似谓将马牵去游散。后，迟。主人故意使马迟迟地来，客人就无法早早地走了。
④ 辕车解轮：辕车似谓将车仰立起来，使车的两根辕木向上。解轮是把车轮解下来，和陈遵投辖留客的办法差不多。《汉书·陈遵传》："每大饮宾客满堂。辄关门取客车辖投井中，虽有急终不得去。"辖是车轴头的键。

野田黄雀行

【题解】

　　本篇《乐府诗集》列在《相和歌·瑟调曲》，是悼友之作。曹丕即位后，凡与曹植亲近的人，一一受到曹丕的迫害。曹植自恨不能援救。本篇"风波"喻险恶，"利剑"喻权力，"雀"喻被难的朋友。"少年"是假想的有力来救援的人。

　　高树多悲风，海水扬其波①。利剑不在掌，结友何须多？不见篱间雀，见鹞自投罗②？罗家得雀喜③，少年见雀悲。拔剑捎罗网④，黄雀得飞飞。飞飞摩苍天⑤，来下谢少年。

【注释】

① 首二句言树高多风，海大扬波。

② 见鹞自投罗：雀见了鹞鹰，慌忙躲避，不料恰投入罗网之中。

③ 罗家：张网捕雀的人家。

④ 捎：即"箾"字，芟除。

⑤ 摩：迫近。

门
有
万
里
客
行

【题解】

　　乐府《相和歌·瑟调曲》古题有"门有车马客行"，本篇用旧题。这诗写奔走飘荡的苦楚。汉魏之间北方人飘荡异乡，如这诗所说"万里客"的很多。曹植自己因为封地常常改换，也有飘荡之苦，这诗或许是自况。

　　门有万里客，问君"何乡人？"① 褰裳起从之②，果得心所亲。挽裳对我泣，太息前自陈③："本是朔方士，今为吴越民。行行将复行，去去适西秦。"④

【注释】

① 万里客：远道来客。君：指万里客。
② 褰裳：提起衣服的前裳。从：追逐。
③ 太息：长叹。
④ 朔方：北方。如作专名就是指朔方郡，在今内蒙古。吴越：古国名，今江苏省和浙江省一带地方。西秦：秦国所在地是今陕西省和甘肃省的一部，在中国西部。古人常用"胡、越""秦、越"表示距离之远。这里"朔方""吴越""西秦"也是说走得远。

曹植

泰山梁甫行

【题解】

一作《梁甫行》，《相和歌·楚调曲》辞。"梁甫"是泰山下面的一个小山。世俗相传泰山、梁甫都是人死后魂魄所归之处。古曲《泰山梁甫吟》又分为《泰山吟》和《梁甫吟》二曲，都是挽歌，和《薤露歌》《蒿里行》同类。本篇写海边贫民生活的困苦。有人以为是作者写自己的贫困，因为作者屡次迁徙，也曾有过"连遇瘠土，衣食不继"的情况，但曹植的封地只临淄较近海，临淄并非瘠地，其说似非。

八方各异气，千里殊风雨①。剧哉边海民，寄身于草墅②。妻子像禽兽，行止依林阻③。柴门何萧条！狐兔翔我宇④。

【注释】

① 八方：指东、西、南、北与东南、东北、西南、西北。这两句言地域不同则气候不同。
② 剧：艰难。墅：同"野"，指郊外。
③ 林阻：山林险阻之地。这两句说，一家人生活像禽兽似的，总是离不开山林。
④ 翔：遨游，随意来去。

怨歌行

【题解】

这是《相和歌·楚调曲》歌辞。本篇的作者是否曹植向来成为问题。《技录》和《乐府解题》将此篇作古辞。《太平御览》引作古诗。《北堂书钞》作魏文帝诗。《艺文类聚》《文章正宗》《乐府诗集》都作曹植诗。这诗恰合曹植的身份和口吻，曹集各本都载入这首诗。诗的大意是感叹为臣的难处，常常忠而见疑，不容易表白。诗里叙周公辅佐周成王被流言中伤，幸而最后能使成王感悟。曹植是魏明帝的叔父，和周公与成王的关系相同。太和二年（228）明帝幸长安的时候，洛阳发生谣言说皇帝死在长安，从驾群臣要迎立曹植。这件事使曹植更被明帝猜忌，当时曹植所处的地位确实是很"难"，这诗的感叹是很真切的。后来晋朝的谢安听人唱这篇歌辞，竟被感动得下泪。

为君既不易，为臣良独难。忠信事不显①，乃有见疑患。

【注释】

① 忠信事不显：当忠信的事实还不曾显著地被人知道的时候。

曹植

周公佐成王，金縢功不刊②。推心辅王室，二叔反流言③。待罪居东国，泣涕常流连④。皇灵大动变⑤，震雷风且寒，拔树偃秋稼，天威不可干。素服开金縢⑥，感悟求其端。公旦事既显，成王乃哀叹。吾欲竟此曲，此曲悲且长。今日乐相乐，别后莫相忘⑦。

【注释】

② 金縢：《尚书》篇名。周武王病的时候周公曾作策书告神请求代武王死。事后把策书放在用金属封口（金縢）的柜子里。后来成王开柜见了策书，才了解周公的忠诚。史官叙述这件事写成《金縢》一篇。功不刊：言周公的功绩是不可磨灭的。刊，削除。周公佐成王，一作"周旦佐文武"。

③ 推：移。《汉书》"推赤心置人腹"，比喻待人以诚。二叔：指管叔鲜和蔡叔度。流言：见前。作者在诗文里常提到周公二叔的事，因为曹丕父子对他都很不放心，他的处境和周公被谗的时候确是很相像，他为此很苦闷愤慨。他在《陈审举表》道"管蔡放诛，周召作弼……三监之衅，臣自当之"，便非常直率，可以帮助读者了解本诗。

④ 待罪居东国：周公为了征伐管、蔡二国，从镐京（在今陕西西安西南部）出发到东方（管国在今河南郑州，蔡国在今河南上蔡西南），在东方住了两年。当时成王对周公的怀疑并未消除，所以这两年是周公恐惧待罪之时。［一说周公在流言起来之后到东都（洛阳）避居，后来成王开金縢，对周公有了谅解，迎他回镐摄政，然后才东征管、蔡。］流连：涕泪不断下流的样子。

⑤ 皇灵大动变：皇灵指上帝。周公居东之第二年秋天，镐京有大雷电大风，田禾都刮倒了。大动变指此。

⑥ 素服开金縢：在风灾的恐怖中成王和群臣穿素服（祭天所服）开金縢（以金属缄口的装档案的柜子，即周公放文的所在），目的是翻查旧记载，研究风灾的原因，因而发现了周公在武王病时祷天的策文，使成王感悟。

⑦ 这四句是乐府歌辞中常用的套语，和正文不连，可能是合乐时加上的。

精微篇

【题解】

　　这是《舞曲·鞞舞歌辞》。旧曲作于汉章帝时代，已佚，曹植"依前曲改作新歌五篇"（曹植《鞞舞歌序》），本篇是拟汉曲的《关东有贤女》篇。诗里多引传说故事，说明至诚可以动天感人。因为这是国用正乐，照例有几句颂扬朝廷的话，那不是诗的主要部分。这诗写作的时代是黄初年间，篇中已明说。

　　精微烂金石①，至心动神明②。杞妻哭死夫，梁山为之倾③。子丹西质秦，乌白马角生④。邹衍囚燕市，繁霜为夏零⑤。关

【注释】

① 精：诚。此句言精诚到极深微的程度可以糜烂金石。西汉扬雄有"至诚则金石为开"一句话。

② 至心：诚恳至极的心。

③ "杞妻"二句：《列女传》载春秋时代齐国杞梁殖死于齐莒之战，他的妻在莒城下哭他哭了十天，城墙为之崩塌。梁山，不知所指。传说中杞梁妻哭倒的城有说是莒城有说是齐城，有说是杞城，但没有哭倒梁山之说，独曹植这诗和《黄初六年令》说梁山为之崩，或许别有所据。

④ "子丹"二句：战国时代燕国太子丹在秦国做人质，秦王对待他很坏。他生活痛苦，盼望回国，秦王道：除非乌鸦白了头，马儿长出角才放你回去。丹仰天长叹，感动了天帝，竟然使乌鸦白了头，马生了角。燕太子丹因此得回国。（这个传说见古小说《燕丹子》。）

⑤ "邹衍"二句：战国时邹衍尽忠于燕惠王，惠王听信谗言，把他拘囚起来。邹衍仰天而叹，天为他降下霜来，而其时正当夏季。（这个传说载在《淮南子》。）夏，一作"下"。

曹植　　　　　　　　　　　　　　　　　　　　　　　　　　97

东有贤女，自字苏来卿⑥，壮年报父仇，身没垂功名。女休逢赦书，白刃几在颈⑦。俱上列仙籍，去死独就生⑧。太仓令有罪，远征当就拘，自悲居无男，祸至无与俱。缇萦痛父言，荷担西上书。盘桓北阙下，泣泪何涟如！乞得并姊弟，没身赎父躯。汉文感其义，肉刑法用除。其父得以免，辩义在列图⑨。多男亦何为，一女足成居⑩。简子南渡河，津吏废舟船，执法将加

【注释】

⑥ 苏来卿：汉代鞞舞歌《关东有贤女》篇歌唱苏来卿的故事，为作者所根据。原诗不存，别无记载。唐诗人李白《东海有勇妇》篇又作"苏子卿"。

⑦ 女休：人名，姓秦，左延年有一篇《秦女休行》歌唱她的故事，说她为宗族报仇，在洛阳市上刺死仇家，被官吏判决死刑，在临执行的时候遇赦。

⑧ "俱上"二句："列仙籍"所指的事不详，大约关于苏来卿和秦女休又有成仙的传说。下句是说她们本来不怕死，反因此得长生。

⑨ "太仓"十四句：叙缇萦救父事。太仓令，管理太仓（国家的粮食仓库）的官儿。这里指汉文帝时齐国的太仓令淳于意。他犯了罪，被押送到长安去，临去对他的女孩子们说：假使我有儿子，这时少不得有个照应，可惜你们都是女的，不顶事。女儿缇萦听了很伤心，便跟着父亲往长安。她到长安后就上书给文帝，说自己愿意给官家做奴婢来赎父亲的罪刑。文帝怜悯她，赦免了她父亲的死罪，并下令废除肉刑。荷担，挑起担子。北阙，"阙"是宫门前的望楼，汉未央宫有东阙和北阙，臣下谒见皇帝多到北阙。涟如，涕泪下流的样子，如是助词。"乞得"句说要求允许她以一身兼代姊妹们赎父亲的罪。淳于意有五个女儿，史书称缇萦为"少女"是说她年少，未必是最小的意思。弟指幼弟。没身，将自己的身体交公家没收。"辩义"句言缇萦辩而且义，载在《列女传图》。《列女传》是刘向所编，有颂有图。

⑩ 成居：犹言"成事"。（《诗经·蟋蟀》篇："无已大康，职思其居。"郑玄云："当主思于所居之事。"）

刑，女娟拥楫前。"妾父闻君来，将涉不测渊，长惧风波起，祷祝祭名川。备礼缯神祇，为君求福先。不胜醑祀诚，教令犯罚艰，君必欲加诛，乞使知罪愆，妾愿以身代！"至诚感苍天。国君高其义，其父用赦原^⑪。河激奏中流，简子知其贤。归聘为夫人，荣宠超后先^⑫。辩女解父命^⑬，何况健少年。黄初发和气^⑭，明堂德教施^⑮。治道致太平，礼乐风俗移。刑措民无枉^⑯，怨女复何为^⑰。圣皇长寿考，景福常来仪^⑱。

【注释】

⑪ "简子"十八句：叙女娟救父事。简子，指赵简子，就是赵鞅，周敬王时代晋国的执政者。赵简子南伐楚国，将渡黄河的时间通知了管理渡口的吏人。到时候这吏人喝醉了，误了渡河之期。赵简子要将那喝醉的津吏处死。津吏有一个女儿名叫女娟，抱着桨前来，向简子道："我父亲听说您要来渡黄河，就祭祀河神给您祈祷平安，谁知祭后把剩酒喝了一些就醉成这样子。您要杀他，我愿代替他死。"简子道："是他犯罪不是你，怎么可以代呢？"她道："那么求您等他醒了再加刑，好让他知道自己的罪。"简子考虑了一下，就免了津吏的死刑。醑，饮干一爵的酒。愆，"愆"字的古文，罪过。国君，指赵简子，古代天子、诸侯和卿大夫有封地的都称君。

⑫ "河激"四句：简子将渡河，船上缺一名摇楫的人，女娟请求参加。中途她唱了一支"河激"之歌。简子非常欣赏。后来简子回国，聘娶她做夫人。

⑬ 辩女：指女娟，女娟事载在《列女传》的《辩通传》。

⑭ 黄初：魏文帝年号，220—226。

⑮ 明堂：天子祭祀，朝诸侯，教学，选士的地方。

⑯ 刑措：措是搁置。刑措是说刑罚搁在一边用不着了。

⑰ "怨女"句：言上述这些怨女如生在这个时代就无可为了，因为根本没有冤屈的事了。建安十年（205）曹操令民不得复私仇，黄初四年（223）曹丕又下诏严禁私人报仇，像苏来卿、秦女休的行为是当时法律所不许的，作者在诗中赞颂了她们，怕被人指为违反法令，所以用这样的说法。

⑱ 圣皇：指曹丕。景：洪大。仪：来归。

曹植　　　　　　　　　　　　　　　　　　　　　　　　　　99

桂之树行

【题解】

　　本篇《乐府诗集》列在《杂曲歌辞》。无古辞。诗中谈升仙得道的乐趣。属于"游仙诗"一类。乐府诗里常有这类题材，原因是那些歌辞往往用于宴宾客的场合，歌唱神仙就是为了颂长生，祝寿考。曹植写这类的诗借以发泄苦闷。他在《辨道论》里骂过方士，又在《赠白马王彪》诗里说过"虚无求列仙，松子久吾欺"的话，可见他不是迷信神仙的。

　　桂之树^①，桂之树，桂生一何丽佳！扬朱华而翠叶，流芳布天涯。上有栖鸾，下有盘螭^②。桂之树，得道之真人^③，咸来会讲仙，教尔服食日精^④。要道甚省不烦，淡泊无为自然。

【注释】

① 桂之树：《楚辞·招隐士》"桂树丛生兮山之幽"，以桂树象征遁居山谷的人，这诗首先咏桂树，或与《招隐士》有联想。
② 盘螭：盘龙。螭亦龙类，黄色。
③ 真人：仙人。
④ 服食日精就是餐霞，《太平御览》引《九真华妃》："日者霞之实，霞者日之精。"

乘蹻万里之外⑤，去留随意所欲存⑥。高高上际于众外⑦，下下乃穷极地天。

【注释】

⑤ 乘蹻："蹻"通"屩"，就是鞋。乘蹻或是一种仙术，《文选·海赋》李善注引《抱朴子》："乘蹻可以周流天下。"曹植《升天行》："乘蹻追术士，远之蓬莱山。"也似乎以乘蹻为飞行之法。大约和飞鞋一类的神话有关，现在已不可考。《后汉书·方术传》载王乔来去乘双凫，被人网得一只，变成一只鞋，这故事或许就和乘蹻有关系。

⑥ 存：想念。

⑦ 众外：一切物之外，即天地之外。

曹植

当墙欲高行

【题解】

　　本篇《乐府诗集》列在《杂曲歌辞》,《墙欲高行》古辞不存。这诗怨愤小人在君臣骨肉之间从事谗间,所指的是监国使者之流。作者又有《乐府歌》道:"胶漆至坚,浸之则离。皎皎素丝,随染色移。君不我弃,谗人所为。"是同样的意思。

　　龙欲升天须浮云,人之仕进待中人①。众口可以铄金②,谗言三至,慈母不亲③。愦愦俗间④,不辨伪真。愿欲披心自说陈⑤,君门以九重,道远河无津⑥。

【注释】

① 中人:指君主左右贵幸的人。古谚有"官无中人,不如归田"之说。
② 众口可以铄金:古代成语,言众人不断谗毁,虽黄金这样坚固的东西也会被销铄,何况人呢?
③ "谗言"二句:述曾参故事。孔子的弟子曾参是有名的贤者。他住在费邑,费邑有和曾参同姓名的人犯了杀人罪,有人赶紧告诉贤者曾参的母亲说她的儿子杀了人。她相信儿子的品行,认为不会有这事。一会儿又有别人来报告,她仍旧不信,安安静静地织布。但等到第三个人来报告时,她也慌了,扔下织布的杼就跑。(见《史记·甘茂传》)
④ 愦愦:昏乱。
⑤ 披心:显露自己的真心。
⑥ 君门以九重:用宋玉《九辩》成句。言人君居住的地方深邃,不能到。末二句表示自己被谗言离间,不能辩白。

名都篇

【题解】

这是《杂曲歌·齐瑟行》歌辞。无古辞。本篇讽刺都市里一般富贵游荡的子弟,写这班少年把时间消磨在饮宴、游戏,天天如此,月月如此。虽有骑射的技艺,只用在打猎,无益于国。

名都多妖女,京洛出少年①。宝剑直千金,被服丽且鲜。斗鸡东郊道,走马长楸间②。驰骋未能半③,双兔过我前。揽弓捷鸣镝,长驱上南山④。左挽因右发,一纵两禽连⑤。余巧

【注释】

① 名都:著名大城市。妖女:艳丽的女子,指乐妓。京洛:即洛京,指洛阳。少年:专指生活豪纵的青年人。后世乐府中有"少年子""少年行"等题,专写这种人。这两句上句陪出下句,"名都"包括"京洛","妖女"联系"少年"。以下就撇开名都妖女,专写京洛少年。

② 斗鸡:以两只鸡相斗为娱乐,这是春秋时代就有的习俗(见《左传》),汉魏到唐都很盛行。魏明帝曾在洛阳筑斗鸡台。长楸:古人在道旁种楸树,绵延很长,所以叫长楸。

③ 驰骋,《文选》作"驰驰","驰驰"犹"行行"。

④ 捷鸣镝:捷,抽取。鸣镝,又叫嚆矢,就是响箭的镞。南山:通常指终南山,这里指洛阳的南山。(晋潘尼诗道"南山郁岑崟,洛川迅且急",就是指这个南山。)

⑤ 纵:发射。两禽:指双兔,猎获的鸟兽都叫禽。

未及展，仰手接飞鸢⑥。观者咸称善，众工归我妍⑦。我归宴平乐⑧，美酒斗十千。脍鲤臇胎鰕⑨，炮鳖炙熊蹯⑩。鸣俦啸匹侣⑪，列坐竟长筵。连翩击鞠壤⑫，巧捷惟万端。白日西南驰，光景不可攀。云散还城邑，清晨复来还⑬。

【注释】

⑥ 仰手：举手向上。接飞鸢：迎头射鹞鹰。

⑦ 众工：指众善射者。归我妍：称许我射得好。

⑧ 平乐：观名，汉明帝时造，在洛阳西门外。

⑨ 臇：比较干的肉羹。此处用作动词。胎鰕：有子的鲅鱼。（"胎"或许是"鲐"的误字，鲐是海鱼。）臇胎鰕就是用胎鰕做羹。

⑩ 炮鳖，《文选》作"寒鳖"。炮是烧烤，寒是酱渍。熊蹯：熊掌。

⑪ 鸣俦啸匹侣：呼朋唤类。

⑫ 击鞠壤：击球和击壤，都是古传的游戏。鞠是毛球，玩时用脚踢或棍击。壤用两块木片制成，一头宽阔，一头尖锐，长一尺四寸，阔三寸。玩时将一块放在三四十步以外的地上，用另一块扔过去打它。

⑬ 云散：如浮云散去。来还：又来到东郊、南山、平乐观这些地方取乐。

　　　　　　　　　　　　　　　　　　　　三曹诗选

美女篇

【题解】

　　这是《杂曲歌·齐瑟行》歌辞。无古辞。这篇以美女盛年不嫁，比喻志士怀才不遇。

　　美女妖且闲①，采桑歧路间。柔条纷冉冉②，落叶何翩翩！攘袖见素手，皓腕约金环③。头上金爵钗，腰佩翠琅玕④。明珠交玉体，珊瑚间木难⑤。罗衣何飘飘，轻裾随风还⑥。顾盼遗光彩，长啸气若兰⑦。行徒用息驾，休者以忘餐⑧。借问

【注释】

① 闲：幽静。

② 冉冉：动貌。

③ 攘袖：捋上袖子。约：缠束。

④ 爵钗："爵"同"雀"，发钗头上作雀形。爵钗，一作"三爵"，一作"合欢"。琅玕：一种似玉之石。

⑤ 交：络。木难：碧色珠，传说是金翅鸟沫所成。

⑥ 还：音旋，转。

⑦ 啸：吹口哨。

⑧ "行徒"二句：说走道的因她而停，休息着的为她忘了吃饭。汉乐府《陌上桑》篇云："行者见罗敷，下担捋髭须。……耕者忘其犁，锄者忘其锄。"这诗用《陌上桑》的意思而压缩成两句。

曹植

女何居，乃在城南端。青楼临大路，高门结重关^⑨。容华耀朝日，谁不希令颜^⑩？媒氏何所营？玉帛不时安^⑪。佳人慕高义^⑫，求贤良独难。众人徒嗷嗷，安知彼所观^⑬？盛年处房室，中夜起长叹^⑭。

【注释】

⑨ 青楼：涂饰青漆的楼。汉魏六朝诗里常以青楼为女子居住的地方，和后代以青楼为妓院的意思不同。重关：两道闭门的横木。

⑩ "容华"句：言其颜色之美如朝日之光辉照人。这是古人诗赋里常见的比喻，宋玉《神女赋》云："耀乎若朝日初出照屋梁。"希令颜：慕其美貌。令，善。

⑪ 玉帛：指珪璋和束帛，古代定婚行聘用它。安：安置。联合上句就是说媒人在干些什么呢？怎么不及时地让她被人聘娶呢？

⑫ 高义：高尚的品德。

⑬ 嗷嗷：嚷嚷。观，一作"欢"。这两句喻志士有独立的见解。

⑭ 盛年：少壮的年纪。末二句喻志士不遇。

白马篇

【题解】

这是《杂曲歌·齐瑟行》歌辞。无古辞。本篇又作《游侠篇》，因其所写是边塞游侠的忠勇。作者平素也有"捐躯赴难，视死如归"的抱负和从军出塞的经验，写游侠也可能是自况。

白马饰金羁，连翩西北驰。借问谁家子？幽并游侠儿①。少小去乡邑，扬声沙漠垂②。宿昔秉良弓，楛矢何参差③。控弦破左的，右发摧月支④。仰手接飞猱，俯身散马蹄⑤。狡捷过猴猿，勇剽若豹螭⑥。边城多警急，虏骑数迁移。羽檄从北

【注释】

① 幽并：两州名，就是今河北、山西和陕西的一部分地方。是古来产生勇侠人物较多的区域。

② 垂：边远的地区，又作"陲"。

③ 宿昔：一向。秉：持。楛矢：楛是木名，茎可以做箭杆。

④ 控弦：拉弓。左的：左方的射击目标。月支：射帖（箭靶之类）的名称，又名"素支"。

⑤ 接飞猱：猱是动物名，猿类，体矮小，尾作金色，攀缘树木极其轻捷，上下如飞，所以称为"飞猱"。接是对飞驰的东西迎前射击。散马蹄：马蹄也是射帖名。散是碎裂摧毁。

⑥ 剽：轻快。螭：传说中的动物名，如龙而黄。

曹植　　　　　　　　　　　　　　　　　　　　　　　107

来⑦，厉马登高堤⑧。长驱蹈匈奴⑨，左顾陵鲜卑⑩。弃身锋刃端，性命安可怀⑪？父母且不顾⑫，何言子与妻！名在壮士籍，不得中顾私。捐躯赴国难，视死忽如归。

【注释】

⑦ 羽檄：檄是用于征召的文书，写在一尺二寸长的木简上。上插羽毛表示紧急，叫作羽檄。

⑧ 厉：奋。

⑨ 匈奴：古之北狄。战国时始称匈奴。

⑩ 左顾：犹回顾。左、右都有回环的意思。鲜卑：东胡种族，东汉末成为北方强族。

⑪ 弃，一作"寄"。寄身言托付生命。怀：犹"惜"。

⑫ 顾：眷念。

苦
思
行

【题解】

　　本篇《乐府诗集》列在《杂曲歌辞》。无古辞。诗里写要攀云登仙不可得，而隐士教以忘言。作者是热心于政治的人，说求仙学道的话正反映出他的苦闷。

　　绿萝缘玉树[①]，光耀灿相辉。下有两真人[②]，举翅翻高飞。我心何踊跃！思欲攀云追。郁郁西岳巅，石室青青与天连[③]。中有耆年一隐士，须发皆皓然。策杖从我游，教我要忘言[④]。

【注释】

① 玉树：传说中仙界的珍木。

② 真人：仙人。曹丕《折杨柳行》"上有两仙童"，曹植《飞龙篇》"忽逢二童"和这篇的"两真人"可能出于同一传说。《述异记》载相州栖霞谷桥顺二子成仙的传说，或与此有关。

③ 石室：岩石结成的洞穴，像屋子似的。青青，一作"青葱"。

④ 忘言：《庄子·外物》篇："言者所以在意，得意而忘言。"忘言本是说直接体会玄理，不重言语媒介，这里用来或许有保持沉默以安身免祸的意思。

升天行二首

  《乐府诗集》列在《杂曲歌辞》。第一首写幻想里的仙山，第二首写神话里的灵树。

  乘蹻追术士①，远之蓬莱山②。灵液飞素波③，兰桂上参天。玄豹游其下，翔鹍戏其巅④。乘风忽登举，仿佛见众仙。

【注释】

① 乘蹻：见《桂之树行》注⑤。术士：方术之士。方术是属于迷信的法术，见《后汉书·方术传》。

② 之：往。蓬莱山：传说中的海上仙山之一。

③ 灵液：犹言"神水"。

④ 玄豹：黑色的豹，神话里的兽。鹍：鸟名，即昆鸡，似鹤，黄白色。

其二

　　扶桑之所出，乃在朝阳谿[1]，中心陵苍昊[2]，布叶盖天涯。日出登东干，既夕殁西枝。愿得纤阳辔[3]，回日使东驰。

【注释】

① 扶桑：古代神话传说中的神木。《十洲记》云："扶桑在碧海中，树长数千丈，一千余围，两干同根，更相依倚，日所出处。"朝阳：指山的东面。

② 中心：指树的本干。苍昊：青天。

③ 纤阳辔：言挽转日行的方向。阳辔，犹言"日车"。在神话传说里太阳是装在车上，用六条龙拉着的，那个赶车的神叫羲和。

五游

　　本篇《乐府诗集》列在《杂曲歌辞》。诗言遍游四方然后游于天上，所以题为《五游》。本篇和《游仙》《远游》等篇有意模仿《楚辞·远游》，且有忧患之辞，都是有托而言神仙。

　　九州不足步，愿得凌云翔①。逍遥八纮外，游目历遐荒②。披我丹霞衣，袭我素霓裳。华盖芬晻蔼，六龙仰天骧③。曜灵未移景，倏忽造昊苍④。阊阖启丹扉，双阙曜朱光⑤。徘徊文

【注释】

① "九州"二句：言地上太狭窄，希望能逍遥于神仙境界。就是《楚辞·远游》篇"悲时俗之迫厄兮，愿轻举而远游"的意思。下篇"昆仑本吾宅，中州非我家"意思也相同。

② 八纮外：指地上极远的地方。《淮南子·地形训》云："九州之外乃有八殑，八殑之外而有八纮，八纮之外乃有八极。"这是古人的想象，并非实有其地。遐荒：边远广大的地方。

③ 华盖：车盖名，形状像花葩。晻蔼：盛貌。骧：马昂首急驰。这两句言乘华盖之车，用六龙驾着上天。

④ 曜灵：太阳的代称。未移景：光影未移动。倏忽：顷刻之间。造：到。昊苍：青天。

⑤ 阊阖：古代神话里的天门。双阙：大门外的两座望楼。

昌殿⑥，登陟太微堂⑦。上帝休西棂⑧，群后集东厢。带我琼瑶佩，漱我沆瀣浆⑨。踟蹰玩灵芝，徙倚弄华芳⑩。王子奉仙药，羡门进奇方⑪。服食享遐纪，延寿保无疆⑫。

远游篇

　　本篇《乐府诗集》列在《杂曲歌辞》。《远游》本是《楚辞》的篇名，相传是屈原所作。王逸道："屈原履方直之行，不容于世，困于谗佞，无所告诉，乃思与仙人俱游戏，周历天地，无所不至焉。"曹植被文帝和明帝所忌，被灌均等人所谗，惴惴不安，因而有如屈原《远游》"悲时俗之迫厄兮，愿轻举而远游"的思想。王逸解释屈原《远游》的话正可借以说明本篇。

　　远游临四海，俯仰观洪波。大鱼若曲陵^①，承浪相经过。灵鳌戴方丈，神岳俨嵯峨^②。仙人翔其隅，玉女戏其阿^③。琼蕊可疗饥，仰首吸朝霞^④。昆仑本吾宅，中州非我家^⑤。将归

【注释】

① 曲陵：山陵曲处。
② 方丈：是传说中的海上五神山之一，《列子》说五山本是浮在海上的，上帝叫十五只巨鳌分成三班，轮流背负五山，才使得它们不再漂荡。神岳：指方丈。
③ 玉女：我国古代神话中的太华山神女，字玉姜。隅、阿：指山之曲处。
④ 琼蕊：琼是美玉，传说中的仙人以玉屑为食品。这两句说在方丈山可以食玉餐霞。
⑤ 昆仑：昆仑山，也是传说中神仙住处。中州：中国。王褒《九怀》："余何留兮中州。"王逸注云："我去诸夏将远逝也。"诸夏即中国。

谒东父，一举超流沙⑥。鼓翼舞时风，长啸激清歌。金石固易弊，日月同光华⑦。齐年与天地，万乘安足多⑧。

【注释】

⑥ 将归：言归向昆仑。东父：指东王公，传说中仙人名，和西王母并称。流沙：指西北沙漠地带。

⑦ "金石"二句：言享寿和日月一般长久，金石虽坚固还有毁坏的时候，比起传说里的神仙来，寿命短促得多了。

⑧ 万乘：一车四马为乘，万乘指拥有兵车万乘的大国之君。多：称美。末两句是说极人间的富贵也不如长生好。

仙人篇

【题解】

　　本篇《乐府诗集》列在《杂曲歌辞》，也是游仙诗，除反映作者的苦闷外且表示养晦待时的意思。

　　仙人揽六著①，对博太山隅。湘娥拊琴瑟，秦女吹笙竽②。玉樽盈桂酒，河伯献神鱼③。四海一何局，九州安所如④？韩终与王乔，要我于天衢⑤。万里不足步，轻举凌太虚⑥。飞

【注释】

① 六著，亦作"六箸"，古代的博具，用竹做成，长六分，上面刻着点数，从"幺"到"六"，和骰子是一类。

② 湘娥：传说中湘江的女神，相传就是舜的二妃娥皇、女英。秦女：指秦穆公的女儿弄玉。弄玉和她的夫婿萧史都是传说中的仙人。

③ 河伯：黄河之神。

④ 局：是拘限迫促不能舒展。如：往。这两句也是说天下狭隘，难以容身，和"九州不足步""中州非我家"相同。

⑤ 韩终，又作"韩众"，传说中古仙人名。《列仙传》说他本是战国时齐人。王乔：传说中仙人号"王乔"者有三：周有王子乔，即王子晋。汉有叶令王乔和柏人令王乔。要：遮留。天衢：天路。

⑥ 太虚：指大。

腾逾景云⁷，高风吹我躯。回驾观紫微，与帝合灵符⁸。阊阖正嵯峨⁹，双阙万丈余。玉树扶道生⁽¹⁰⁾，白虎夹门枢⁽¹¹⁾。驱风游四海，东过王母庐⁽¹²⁾。俯观五岳间，人生如寄居。潜光养羽翼，进趋且徐徐⁽¹³⁾。不见轩辕氏，乘龙出鼎湖⁽¹⁴⁾？徘徊九天上，与尔长相须⁽¹⁵⁾。

【注释】

⑦ 景云：彩色的云气，又叫"卿云"或"庆云"。

⑧ 紫微：星名。合灵符：符是古时用作凭信的东西，上刻文字，剖为两半；如天子和诸侯，朝廷与外官，主帅和守将，往往各持半符，使者往来必须带着符，两半勘合就可以验真伪。《史记》载黄帝"合符釜山"的传说，就是说在釜山朝会诸侯，验合符契。这里说见上帝"合符"，犹诸侯朝见天子。

⑨ 阊阖：天门。嵯峨：高峻。

⑩ 玉树：神树名。扶：沿。

⑪ 白虎：星名。

⑫ 王母：西王母的略称，西王母本是传说中的怪物，"其状如人，豹尾虎首"，后演变为美貌的女神。

⑬ 潜光：言敛藏光彩。比喻怀才而不扬露。进趋就是进取。

⑭ 轩辕：即黄帝，相传黄帝住在轩辕丘，因以为名号。乘，一作"升"。传说黄帝采首山铜铸鼎于荆山下，鼎成有龙下迎黄帝，黄帝骑龙升天，后人因名其处为鼎湖（见《史记·封禅书》）。

⑮ 尔：指黄帝。须：等待。末两句表示向往上古的贤君。

曹植

斗鸡篇

【题解】

　　本篇属《杂曲歌辞》。作者和曹丕同做斗鸡的游戏，邀宾朋同乐，同作描写斗鸡的诗。刘桢和应玚都有《斗鸡诗》流传。应、刘都死在建安二十二年（217），可知本篇作于建安中。应玚诗有句云："兄弟游戏场，命驾迎众宾。"又云："四坐同休赞，宾主怀悦欣。"诗言"兄弟""宾主"，本诗也称"主人""众宾"，都不称"君臣"，正因为当时曹丕还不曾做皇帝。

　　游目极妙伎，清听厌宫商。主人寂无为，众宾进乐方^①。长筵坐戏客，斗鸡观闲房^②。群雄正翕赫，双翘自飞扬^③。挥

【注释】

① 乐方：行乐之法。
② 观闲房：言观于闲房中。闲是宽大，房是殿旁之室。
③ 翕赫：彩羽开合之貌。翘：尾部长毛。

羽邀清风，悍目发朱光^④。觜落轻毛散，严距往往伤^⑤。长鸣入青云^⑥，扇翼独翱翔。愿蒙狸膏助，常得擅此场^⑦。

【注释】

④ 邀清风，一作"激流风"。"悍目"句：言鸡斗时两眼充血发红，刘桢《斗鸡诗》云："瞋目含火光。"

⑤ 觜：鸟口。距：鸡跗跖骨后方所生的尖突起，斗时用来刺对方。"严距"就是"装距"，在鸡距上装以尖利的金属物。《左传》说季氏和郈氏斗鸡，季氏在鸡身上披甲，郈氏为鸡装金距。

⑥ 入青云：言鸣声高扬。

⑦ 狸膏助：《艺文类聚》引《庄子》说，羊沟之鸡用狸（野猫）的脂膏涂在头上，可以减少被啄的痛苦，斗的时候往往胜敌。擅场：言压倒全场。擅，专。

盘石篇

【题解】

　　本篇是《杂曲歌辞》。这诗写乘舟浮海，经危历险，怀想故邦，是托喻而不是写实，用意和《远游》相似，不过将"登天"改为"航海"罢了。

　　盘盘山巅石^①，飘飖涧底蓬。我本泰山人，何为客淮东^②？兼葭弥斥土^③，林木无分重^④。岸岩若崩缺，湖水何汹汹^⑤！蚌蛤被滨涯，光彩如锦虹^⑥。高波凌云霄，浮气象螭龙。鲸脊若丘陵，须若山上松。呼吸吞船栖，澎濞戏中鸿^⑦。方舟寻高价，珍宝丽以通^⑧，一举必千里，乘飔举帆幢^⑨。经危履险阻，未知

【注释】

① 盘盘：大。
② 淮东，一作"海东"。
③ 兼葭：芦荻。斥土：咸地。
④ 无分重：言树木稀少。分同纷，纷重是盛多貌。
⑤ 湖水，疑当作"潮水"。
⑥ "光彩"句：言蚌蛤反射日光呈现彩色，像锦绣和虹霓。
⑦ 栖：小船。澎濞：水飞腾广大貌。此句言波浪掀舞，船在其中恰像大雁在游戏。中：音仲。
⑧ 高价：指珍奇的东西。丽以通：丽，附着。言珍宝附丽方舟而流通。
⑨ 飔：凉风。帆幢：黄节云，"幢疑即橦……盖帆竿也"。

命所锺^⑩，常恐沈黄垆^⑪，下与鼋鳖同。南极苍梧野，游盼穷九江^⑫。中夜指参辰，欲师当定从^⑬。仰天长太息，思想怀故邦。乘桴何所志，吁嗟我孔公^⑭！

【注释】

⑩ 锺：遭遇。

⑪ 黄垆：黄泉之下。

⑫ 苍梧野：传说虞舜南巡死在苍梧之野，指九嶷山附近。九江：《禹贡》有九江这个词，解释纷歧，没有定说，这里似指九嶷附近，流入洞庭湖的九条水。

⑬ 参辰：两星名，即参、商。"欲师"句：言航行以参、辰两星为师，以定方向。

⑭ "乘桴"二句：孔公指孔子。桴是木筏。孔子曾说："道不行，乘桴浮于海"，见《论语》。结尾几句是说抛弃故邦是难的，孔子"乘桴"之说也不过是一时的感慨罢了。作者此种感情和屈原《离骚》《远游》"临睨旧乡""仆悲马怀""顾而不行"等语所表示的相同。

曹植

种葛篇

【题解】

本篇属《杂曲歌辞》。这篇也是借弃妇寄托感慨的诗。

种葛南山下，葛藟自成阴^①。与君初婚时，结发恩义深。欢爱在枕席，宿昔同衣裳。窃慕棠棣篇，好乐和瑟琴^②。行年将晚暮，佳人怀异心。恩纪旷不接^③，我情遂抑沉^④。出门当何顾？徘徊步北林。下有交颈兽，仰见双栖禽。攀枝长叹息，泪下沾罗衿。良马知我悲，延颈代我吟^⑤。昔为同池鱼，今为商与参^⑥。往古皆欢遇，我独困于今。弃置委天命，悠悠安可任^⑦。

【注释】

① 葛藟：葛是豆科植物，多年生蔓草。藟，藤。古人情诗往往用葛作比兴，因为葛藤萦绕可以喻爱情缠绵。

② 棠棣：《诗经·小雅》篇名，诗中有句云："妻子好合，如鼓瑟琴。"言两情和洽像琴音的调谐。

③ 恩纪：谓恩爱会晤。旷：久。接：连续。作者在《求存问亲戚疏》道："恩纪之违甚于路人，隔阂之异殊于胡越。"和这句诗的意思相同。

④ 抑沉：受压抑而低沉。

⑤ 代，一作"对"。

⑥ 同池鱼：喻相聚相爱，鱼水本是比喻夫妇相得的习用语。商与参：喻不相见。商星出现的时候就是参星隐没的时候。

⑦ 悠悠：眇远。结尾两句是说要排除这一切伤感而听任天命，但悠悠的苍天又何能仕托呢？

公宴

公宴，群臣在公家侍宴。这篇是作者随曹丕在铜雀园宴会时所赋的诗。同时的作家如王粲、刘桢、阮瑀、应玚等人都有《公宴》诗，都是在邺城唱和之作。这些诗是邺下诗人集团的生活留影。本篇可能是和曹丕《芙蓉池作》的诗，"清夜"两句和"乘辇夜行游，逍遥步西园"，"明月"两句和"丹霞夹明月，华星出云间"，"好鸟"句与"神飙"句和"惊风扶轮毂，飞鸟翔我前"，"飘飖"两句和"遨游快心意，保己终百年"。

公子敬爱客①，终宴不知疲。清夜游西园②，飞盖相追随③。明月澄清影，列宿正参差④。秋兰被长坂，朱华冒绿池⑤。潜鱼跃清波，好鸟鸣高枝。神飙接丹毂，轻辇随风移。飘飖放志意，千秋长若斯。

【注释】

① 公子：指曹丕。诸侯之子称为"公子"。当时曹丕做五官中郎将。同时应玚《侍五官中郎将建章台集诗》也称曹丕为公子。
② 西园：就是曹丕《芙蓉池作》"逍遥步西园"和王粲《杂诗》"日暮游西园"的那个"西园"，即铜雀园。
③ 飞盖：盖是车顶，飞盖是说车子进行得轻快。
④ 列宿：列星。
⑤ 朱华：指芙蓉，即荷花。冒：覆盖。

曹植   123

七哀

【题解】

　　《文选》将"七哀"列在"杂诗"一类。关于这个题目古人有些望文生义的解释都不足据，大约这也是乐府题。所以名为"七"哀，也许有音乐上的关系，晋乐于《怨诗行》用这篇诗为歌辞，就分为七解。王粲、阮瑀都有《七哀》诗，曹植所作也不止这一首（其余只存零句）。本篇是闺怨诗，也可能借此"讽君"。

　　明月照高楼，流光正徘徊。上有愁思妇，悲叹有余哀。借问叹者谁，言是宕子妻①。君行逾十年②，孤妾常独栖。君若清路尘，妾若浊水泥③。浮沉各异势，会合何时谐？愿为西南风，长逝入君怀④。君怀良不开，贱妾当何依？

【注释】

① 宕：同"荡"，荡子是在外乡做客，日久不归的人，和今语指行为放荡的人意思不同。此句一作"自云客子妻"。
② 君：指"愁思妇"其夫。逾：超过。
③ "君若"二句：清字形容路上尘，浊字形容水中泥。二者本是一物，浮的就清了，沉的就浊了。比喻夫妇（或兄弟骨肉）本是一体，如今地位（势）不同了。作者在《九愁赋》说"宁作清水之沉泥，不为浊路之飞尘"，取喻相同，词义相反。
④ 逝：往。

送应氏二首

【题解】

"应氏"指汝南人应场（字德琏）和他的弟弟应璩（字休琏），都是诗人。这两首诗作于建安十六年（211），这一年曹植被封为平原侯，应场被任为平原侯庶子。曹植随曹操西征马超，道过洛阳，在洛阳送别应氏。第一首写洛阳的荒芜。第二首写惜别之情。

步登北邙阪^①，遥望洛阳山。洛阳何寂寞！宫室尽烧焚。垣墙皆顿擗，荆棘上参天^②。不见旧耆老，但睹新少年。侧足无行径，荒畴不复田^③。游子久不归，不识陌与阡。中野何萧条！千里无人烟。念我平常居^④，气结不能言。

【注释】

① 北邙：山名，在洛阳城东北。又称"芒山"或"北山"。阪：斜坡。

② 顿擗：顿是塌坏，擗是分裂。参天：高出于天。洛阳被董卓焚烧在初平元年（190），距离作这首诗的时候已二十一年，荆棘已长得很高。

③ 侧足：言侧身而行。畴是耕过的地。这句是说荒了的田亩不再有人耕种。田字是动词。

④ "念我"句："我"字从"游子"两字来，游子指应氏。这句是代应氏设词，不是作者自述。应氏或许曾在洛阳住家。一作"念我平生亲"，则"我"字自指，"平生亲"指应氏。

曹植

其二

　　清时难屡得^①，嘉会不可常。天地无终极，人命若朝霜。愿得展嬿婉，我友之朔方^②。亲昵并集送，置酒此河阳^③。中馈岂独薄？宾饮不尽觞^④。爱至望苦深，岂不愧中肠^⑤？山川阻且远，别促会日长。愿为比翼鸟，施翮起高翔^⑥。

【注释】

① 清时：清平的时代。

② 嬿婉：安顺。"愿得展嬿婉"是祝应氏前途平安。朔方：北方。（如用为专名就是指朔方郡，今内蒙古自治区境内黄河以南鄂尔多斯全部地。）应玚《侍五官中郎将建章台集诗》以朝雁自比道："往春翔北土，今冬客南淮。"这诗的"之朔方"就是应诗的"翔北土"。

③ 亲昵：昵同"暱"，近。河阳：河水之北。

④ 中馈：进食物给长者叫作"馈"，古代女子主持家里馈食之事谓之"主中馈"。这里指饯行的酒食。这两句是说，难道我所办的酒菜特别不丰富吗，为什么客人不肯痛快地喝酒呢？

⑤ "爱至"句：言相爱至极因而期望也就很深。从这两句看来，似乎应氏有所求于曹植，而曹植无能为力，故觉有愧。

⑥ 施：展。

杂诗 六首

【题解】

"杂诗"见曹丕诗注释。这六首同载于《文选》，成为一组，但彼此无关联，也不是同时所作。第一首是怀人的诗，所怀之人可能是曹彪，曹彪于黄初三年（222）至黄初五年（224）封吴王，所以诗中有"江湖""南游"等语。当时作者自己在鄄城。

高台多悲风，朝日照北林①。之子在万里②，江湖迥且深③。方舟安可极？离思故难任④。孤雁飞南游，过庭长哀吟。翘思慕远人，愿欲托遗音⑤。形影忽不见，翩翩伤我心。

【注释】

① 北林：林名，见《诗经·晨风》。
② 之子：指所怀念的人。
③ 迥：远。
④ 离思：离别的悲感。难任：难当。
⑤ 翘思：仰头而思。"愿欲"句言愿托飞雁寄音信给远人。遗：去声，送给。

曹植

其二

【题解】

    这一首以转蓬自比，写迁徙飘荡和离群的痛苦，和《吁嗟篇》相同。此外还多一层贫困之苦。

    转蓬离本根，飘飖随长风。何意回飙举^①，吹我入云中。高高上无极，天路安可穷？类此游客子，捐躯远从戎。毛褐不掩形，薇藿常不充^②。去去莫复道，沈忧令人老。

【注释】

① 回飙：旋风。举：起。

② 褐：毛布衣。不掩形：不能将形体全部遮盖。薇藿：薇是羊齿类植物，野生。藿是豆叶。这两样都是贫苦人所吃的菜。作者虽然位为王侯，他的生活却并不怎样好。原来文帝和明帝对待诸侯都极其苛薄，对曹植更甚。曹植《迁都赋序》说："连遇瘠土，衣食不继。"《转封东阿王谢表》又说："桑田无业，左右贫穷，食裁糊口，形有裸露。"这诗也有自嗟困乏的意思。

其三

【题解】

　　这篇写空闺织妇思念从军不归的丈夫。这种题材是乐府民歌和古诗中常见的，这首诗可能是拟乐府或古诗，不一定有什么寄托。

　　西北有织妇^①，绮缟何缤纷^②！明晨秉机杼，日昃不成文^③。太息终长夜，悲啸入青云。妾身守空闺，良人行从军。自期三年归，今已历九春^④。飞鸟绕树翔，嗷嗷鸣索群^⑤。愿为南流景^⑥，驰光见我君。

【注释】

① 西北：是偏义复词，西字无意义。篇末"愿为南流景，驰光见我君"，南字与北字相应。织妇：指织女星，织女星所在的方位是北方。

② 绮缟：有花纹的绢。

③ 明晨：清晨。秉：持。日昃：午后，日过午为昃。这两句就是《诗经》"不成报章"和《古诗》"札札弄机杼""终日不成章"的意思。昃，一作"暮"。开端四句以歌咏织女起兴。

④ 九春：九年。

⑤ 嗷嗷：悲鸣声。

⑥ 景：日光。

曹植

129

其
四

【题解】

这诗以"佳人"空有色艺，不为时俗所重，比喻才高有为的人被安置在闲散之地，恐惧时移岁改，湮没无闻。似乎是自伤之辞，也有人以为是为曹彪而发。

南国有佳人①，容华若桃李。朝游江北岸，夕宿潇湘沚②。时俗薄朱颜，谁为发皓齿③？俯仰岁将暮，荣耀难久恃④。

【注释】

① 南国：指江南。有人以为"南国佳人"指曹彪，彪于黄初三年（222）徙封吴王，五年（224）改封寿春。

② 潇湘沚：潇、湘是水名，潇水在湖南零陵西北和湘水会合。沚是小洲。"朝游江北，夕宿潇湘"喻迁徙无定。

③ 朱颜：美色。为：读去声，"谁为"就是"为谁"。发：开。皓：白。发皓齿，指唱歌。这两句说既然时俗不重朱颜，为了谁开口而唱呢？

④ 俯仰：一俯一仰之间，表示时间的短促。荣耀：花的灿烂，指桃李，也就是指佳人而言。

其五

【题解】

　　这篇写作者自己立功立业、殉国赴难的志愿。很可能是和《赠白马王彪》同时的作品。其时在黄初四年（223），曹植以鄄城王应诏到洛阳。（据黄节说曹植改封雍丘在回到鄄城以后。）他在《赠白马王彪》诗里说"怨彼东路长"，在本篇说"东路安足由"，"东路"就是指从洛阳赴鄄城之路。鄄城在今山东鄄城。

　　仆夫早严驾①，吾行将远游。远游欲何之？吴国为我仇②。将骋万里涂，东路安足由③？江介多悲风，淮泗驰急流④。愿欲一轻济，惜哉无方舟⑤。闲居非吾志，甘心赴国忧⑥。

【注释】

① 仆夫：赶车的。严驾：整治车驾。

② "吴国"句：吴国指孙权。作者在《求自试表》说："方今天下一统，九州晏如，顾西尚有违命之蜀，东有不臣之吴……若使陛下出不世之诏，效臣锥刀之用，使得西属大将军当一校之队，若东属大司马统偏师之任，必乘危蹈险，骋舟奋骊，突刃触锋，为士卒先。"和本诗意思相同。

③ "将骋"二句：表示将要做一番事业，驰骋万里之外，满足自己的壮志。何肯东赴鄄城，局促在小地方呢？曹植当时希望从征孙权，不愿东归。由，行。

④ 江介：江间。淮泗：指淮水与泗水。南征孙权，江淮都是必经之地。

⑤ 无方舟：比喻没有权柄。

⑥ "闲居"二句就是《求自试表》"徒荣其躯而丰其体……此徒圈牢之养物，非臣之所志也"一段话的意思。

其六

【题解】

这篇还是写"甘心赴国忧"的壮志和壮志不遂的愤慨。

飞观百余尺^①，临牖御棂轩^②。远望周千里，朝夕见平原。
烈士多悲心，小人偷自闲^③。国仇亮不塞，甘心思丧元^④。拊
剑西南望^⑤，思欲赴太山^⑥。弦急悲声发，聆我慷慨言^⑦。

【注释】

① 飞观：观就是阙，就是宫门的望楼。高阙像凌空而起，称为"飞观"。
② 御：犹"凭"。棂轩：窗户。
③ 偷：苟且。
④ 亮不塞：诚然还未杜绝。丧元：丢掉脑袋。"甘心思丧元"就是《求自试表》所说"使
名挂史笔，事列朝荣，虽身分蜀境，首悬吴阙，犹生之年也"的意思。
⑤ 拊剑：拊同"抚"，抚剑犹按剑。西南望：西指蜀国，南指吴国。吴、蜀都是魏
的"国仇"。
⑥ "思欲赴太山"和"甘心思丧元"是同样的意思，"赴太山"犹言赴死。古人相信
人死后魂魄归于泰山。所以古乐府《怨诗行》道："人间乐未央，忽焉归东岳。"应
璩《百一诗》道："年命在桑榆，东岳与我期。"刘桢《赠五官中郎将》诗也有"常
恐游岱宗，不复见故人"之句，可见汉魏人惯用这种说法。旧说从地理和时事解
释此句，多牵强。
⑦ "弦急"二句指歌唱这篇诗。从这两句看来，这首诗可能原是乐府歌辞。

喜
雨

【题解】

　　《北堂书钞》引曹植《喜雨诗》有序云："太和二年大旱，三麦不收，百姓分于饥饿。"所引虽不完全，但可说明这是太和二年（228）所作。《魏志》也有太和二年五月大旱的记载。

　　天覆何弥广！苞育此群生①。弃之必憔悴，惠之则滋荣②。庆云从北来，郁述西南征③。时雨终夜降，长雷周我廷。嘉种盈膏壤，登秋必有成④。

【注释】

① 弥：普遍。苞：丰茂。

② 弃之、惠之：之指群生。惠，爱。这两句有所寄托。作者在这年从浚仪再回雍丘，上表求自试。《求自试表》说："今臣志狗马之微功，窃自惟度，终无伯乐、韩国之举，是以於悒而窃自痛者也。"认为自己是被"弃"的。表中又说："冀以尘雾之微补益山海，萤烛末光增辉日月，是以敢冒其丑而献其忠。"还是希望明帝"惠之"。这诗所写是夏季，《求自试表》作于同时。（表中"流闻东军失备，师徒小衄"指吴国侵犯，是五月的事。）

③ 庆云：又称"卿云"或"景云"，是所谓"非气非烟，五色纷缊"的云气。郁述就是"郁律"，是云烟上升之貌，又是小雷声。夏季刮北风就有雨，"庆云从北来，郁述西南征"见出风向。

④ 登：成熟。必，一作"毕"，毕，尽。

离友诗二首

【题解】

　　自序说明这两首诗是赠别夏侯威之作。第一首叙夏侯威从谯县远送曹植同到邺城。第二首叙夏侯威将辞邺返谯,作者在临别前的眷顾不舍之情。黄节《曹子建诗注》因《初学记》和《文选注》所引曹植《离友诗》句不见于这两首,疑原作不止二首。

　　乡人有夏侯威者①,少有成人之风。余尚其为人②,与之昵好③。王师振旅④,送余于魏邦⑤。心有眷然,为之陨涕,乃作离友之诗。其辞曰:

　　王旅旋兮背故乡⑥。彼君子兮笃人纲⑦,媵予行兮归朔方⑧。

【注释】

① 夏侯威:事迹不详。他和曹植同是谯县人。
② 尚:尊敬。
③ 昵好:亲近友善。
④ 王师:指魏军。建安十七年(212)魏军征孙权,十八年(213)还师曾过谯县停留。
　　振旅:班师回防。
⑤ 魏邦:指魏都邺城。
⑥ 背故乡:指魏军离谯返邺。
⑦ 君子:指夏侯威。笃人纲:言谨守做人的要领,包括忠君、孝亲和厚于朋友等。
⑧ 媵行:送行。朔方:北方,邺城在谯县之北。

驰原隰兮寻旧疆^⑨，车载奔兮马繁骧^⑩。涉浮济兮泛轻航^⑪。
迄魏都兮息兰房，展宴好兮惟乐康。

【注释】

⑨ 原：高平之地。隰：低湿之地。旧疆：指邺城。

⑩ 车载，一作"我车"。骧：仰头奔驰。

⑪ 济：指济河。由谯归邺须北渡济河。

其二

　　凉风肃兮白露滋,木感气兮条叶辞①。临渌水兮登重基②,
折秋华兮采灵芝。寻永归兮赠所思③。感离隔兮会无期,伊郁
悒兮情不怡④。

【注释】

① 条叶辞:言枝条和叶相离。条,一作"柔"。
② 渌:清。重基:重叠的山。重,一作"崇"。
③ "寻永"句说夏侯威即将长期回乡,故赠芝草致意。所思,指夏侯威。
④ 郁悒:忧愁。悒,或作"邑"。

赠徐幹

【题解】

徐幹字伟长，北海人。"建安七子"之一。魏文帝《与吴质书》道："伟长独怀文抱质，恬淡寡欲，有箕山之志，可谓彬彬君子者矣。著《中论》二十余篇，成一家之言，辞义典雅，足传于后。"这首诗说徐幹贫贱著书，沉沦不仕，好像宝物被丢弃。又自愧不能汲引，只得勉励他勤积道义，等待机会。徐幹卒于建安二十二年（217）或二十三年（218）。卒前一二年就穷居不仕，这诗作于此一二年间。

惊风飘白日，忽然归西山。圆景光未满，众星粲以繁①。志士营世业②，小人亦不闲③，聊且夜行游，游彼双阙间。文昌郁云兴④，迎风高中天⑤。春鸠鸣飞栋，流猋激棂轩⑥。顾

【注释】

① 圆景：指月。光未满：言月未到全圆时。以：犹"且"。
② 志士：指徐幹这样有志于世业的人。世业：传世之业，指著书。
③ 小人亦不闲：作者自己戏称"小人"。"不闲"即指下句"夜行游"，这也是戏言，"夜行游"正是闲。
④ 文昌：邺宫正殿名。郁云兴：有云郁然而起。
⑤ 迎风：迎风观，在邺城。高中天：言高达半天。（周穆王曾筑中天台，"中天"作为专名也可以通。）
⑥ 猋：音标，旋风。

念蓬室士⑦，贫贱诚足怜。薇藿弗充虚，皮褐犹不全。慷慨有悲心，兴文自成篇⑧。宝弃怨何人？和氏有其愆⑨。弹冠俟知己，知己谁不然⑩？良田无晚岁，膏泽多丰年⑪。亮怀玙璠美，积久德愈宣⑫。亲交义在敦，申章复何言⑬？

【注释】

⑦ 蓬室：编蓬草为门户的极简陋的屋子。蓬室士指贫士，包括徐幹在内。徐幹晚年生活很苦。《全三国文》有无名氏的《中论序》，说他晚年"疾稍沉笃，不堪王事，潜身穷巷，颐志保真。……环堵之墙以庇妻子，并日而食，不以为戚"。

⑧ "慷慨"二句：下句指徐幹著《中论》，上句指《中论》书中所表现的思想感情。

⑨ "宝弃"二句：言贤才不见用如宝物之被弃，什么人该负责呢？那识宝的人该负责。和氏指卞和，楚国人，曾献璞玉给楚武王和成王，因为没有人认识那是宝玉，卞和反得罪被刖足，但到楚文王时终于发现他所献的是真宝。这里以和氏比贤才（徐幹）的知己（作者自己）。

⑩ "弹冠"二句：言等待知己的推荐而后出仕，但知己也等于被弃之宝，彼此还不是差不多么？曹植一生不曾掌过权，有爱才之心，无援才之力，这两句诗也见出他自己的牢骚。弹冠是说将出仕时先弹去冠上的尘土，见《汉书·王吉传》。

⑪ "良田"二句：膏泽是肥沃有水的地，和良田同义，比喻有才德的人。晚岁言收获迟。"无晚岁""多丰年"比喻一定能出头。

⑫ 亮：确信。玙璠：美玉。古人以玉比德。宣：著明。

⑬ 敦：勉励。申章：指赠予这首诗。申，陈。末句是说赠诗唯有敦劝，除此别无可说的了。

　　　　　　　　　　　　　　　　　　　　　　三曹诗选

赠丁仪

【题解】

丁仪字正礼，沛郡人。据《魏志·曹植传》注引《魏略》，曹操曾打算把女儿嫁给丁仪，被曹丕阻挠，丁仪因此怨曹丕，而和曹植亲近。曹操有一个时期要立曹植做太子，丁仪曾有意促成其事，因而被曹丕所忌。曹丕即位后不久丁仪就被杀。这诗大约作于曹丕初即王位的时候，为曹植所意料不到的那些压迫还未发生，只见到丁仪没有得到封赏，怕他心里不安，而以诗安慰他。

初秋凉气发，庭树微销落。凝霜依玉除，清风飘飞阁[①]。朝云不归山，霖雨成川泽。黍稷委畴陇，农夫安所获[②]？在

【注释】

① 玉除：白石阶沿。飞阁：有飞檐的楼阁。

② 委：犹"萎"。前半篇写秋霖为灾，有比喻的意思，言农夫的收获指望天助，而天也不能常加惠于人，何况那些权贵呢！

贵多忘贱，为恩谁能博？狐白足御冬，焉念无衣客③？思慕延陵子，宝剑非所惜④。子其宁尔心，亲交义不薄⑤。

【注释】

③ "狐白"二句是引故事说明"在贵多忘贱"。《晏子春秋》载齐景公披"狐白之裘"坐在堂上，对晏子道：下了三天雪，天气并不冷呀。晏子道：贤君应该自己吃饱了还知道别人的饥饿，自己穿暖了还体念别人的寒冷才是。

④ "思慕"二句是引故事表明自己对故人一定始终帮助，不忘前言。《新序》载吴国延陵季子访问晋国，经过徐国，徐君爱季子所佩的宝剑，很希望季子送给他。季子从他的表情看出他的心思，便打定主意从晋国回来时把剑送给他。季子到晋国完成了任务再回到徐国时，徐君已经死了。季子便将宝剑挂在徐君坟前的树上而去。徐国人因而歌唱道："延陵季子兮不忘故，脱千金之剑兮带丘墓。"

⑤ 亲交：亲近的朋友。

赠王粲

【题解】

　　王粲字仲宣，山阳高平人。在建安作家中地位很高。董卓时长安扰乱，王粲投奔荆州牧刘表，刘表死后归魏，和曹植兄弟都很亲近。这诗是拟王粲《杂诗》"日暮游西园"篇，当时诗人往往互相摹拟。

　　端坐苦愁思，揽衣起西游^①。树木发春华，清池激长流，中有孤鸳鸯^②，哀鸣求匹俦。我愿执此鸟，惜哉无轻舟^③。欲归忘故道，顾望但怀愁^④。悲风鸣我侧，羲和逝不留^⑤。重阴润万物，何惧泽不周^⑥？谁令君多念，遂使怀百忧^⑦。

【注释】

① 西游：游于邺城之西。这句是拟王粲《杂诗》"清夜游西园"句。
② 孤鸳鸯：喻王粲。王粲《杂诗》云："上有特栖鸟，怀春向我鸣。褰衽欲从之，路险不得征。"不知是否为曹植而发。
③ 无轻舟：比喻自己没有权势不能用王粲。
④ "欲归"二句：表示因不能执此鸟而依依回顾，不忍舍去。
⑤ "羲和"句：言时光去而不停，就是王粲《杂诗》"白日忽已冥"的意思。羲和是神话里日车的御者，用来代表日。
⑥ 重阴：密云，比喻魏主曹操。周：普遍。
⑦ "谁令"句：君指王粲。"多念"和下句的"百忧"都指王粲诗中所表现的感情。谢灵运《拟王粲诗序》说王粲"遭乱流寓，自伤情多"，锺嵘《诗品》也说他"其源出于李陵，发愀怆之词"，可以作"多念"和"百忧"的说明。

赠丁仪王粲

【题解】

李善《文选注》据《五言集》以为"丁仪"是"丁翼"之误。黄节《曹子建诗注》以为丁仪的《厉志赋》有"秽杯盂之周用，令瑚琏以抗阁，恨骡驴之进庭，屏骐骥于沟壑"等语，和这首诗里的"丁生怨在朝"相合，题目作《赠丁仪王粲》是不错的。从前面《赠丁仪》诗也可以看出丁仪是不得志而且有所怨的。古直《曹子建诗笺》考定这诗作于建安十六年（211），曹操西征马超、韩遂，平定关中，北围安定，招降杨秋之后。

从军度函谷^①，驱马过西京^②，山岑高无极，泾渭扬浊清^③。

【注释】

① "从军"句：指西征马超、韩遂。建安十六年（211）九月关中平。汉朝所置函谷关在今河南铁门镇东北。
② 西京：指长安，曹操在同年十月从长安北征杨秋。
③ "泾渭"句：泾水从甘肃流入陕西到高陵入渭水。渭水从甘肃入陕西会合泾水后再东流会洛水入黄河。泾水浊，渭水清，合流的时候清浊分明。曹军在这年九月渡渭水。

壮哉帝王居！佳丽殊百城^④。员阙出浮云^⑤，承露概泰清^⑥。皇佐扬天惠^⑦，四海无交兵。权家虽爱胜，全国为令名^⑧。君子在末位，不能歌德声^⑨。丁生怨在朝^⑩，王子欢自营^⑪。欢怨非贞则，中和诚可经^⑫。

【注释】

④ 殊百城：言超过许多城市。

⑤ 员阙：员即"圆"，建章宫门北有圆阙高二十五丈，上有铜凤凰。

⑥ 承露：建章宫有承露盘，用铜铸成。高二十丈，大七围。上有仙人掌，承接露水。概：与"扢"同，摩擦。泰清就是太清，天的代称。这句是说承露盘高得和天相摩。

⑦ 皇佐：指曹操，当时他在丞相的地位。天惠：犹君恩。这句是说丞相宣扬汉天子的恩德。

⑧ 权家：兵家。全国：保全一国。《孙子兵法》道："用兵法全国为上，破国次之。"这里指接受杨秋投降，不加诛戮。令名：好名誉。

⑨ 君子：指丁仪和王粲，当时他们都做丞相掾，地位卑微。歌德声：歌颂朝廷的德音。

⑩ "丁生"句：言丁仪在朝而有所怨，从上面所引《厉志赋》可以见出。

⑪ "王子"句：言王粲以经营自己个人的事业为乐。

⑫ 贞则：正确的原则。中和：是方向不偏，程度适当。这两句说，唯有不自营，不抱怨方合乎中和之道，而中和之道是可以经常奉行的。

赠白马王彪

　　曹彪是曹植的异母弟。据《魏志》，曹彪在黄初三年（222）封弋阳王，同年徙封吴王，七年徙封白马。白马在今河南省滑县东。黄初四年（223）曹植、曹彪和任城王曹彰同到洛阳朝会。曹彰死在洛阳。《魏氏春秋》说："植及白马王彪还国，欲同路东归，以叙隔阔之思，而监国使者不听，植发愤告离而作此诗。"（《魏志·陈思王传》引）《魏氏春秋》称曹彪为"白马王"，但据《魏志·曹彪传》，黄初四年他是吴王。二者必有一错。可能黄初四年曹彪有封白马王的事，《魏志》漏载。因为本诗作者自序也称"白马"，这篇序现在还不能证明是假造的，此其一；《初学记》载曹彪答曹植诗云："盘径难怀抱，停驾与君诀，即车登北路，永叹寻先辙。"本篇则云："怨彼东路长。"可见两人分手后曹彪走偏北的一条路，曹植继续向东。从地理情形看来，曹彪这时要去的地方可能是白马而不可能是吴。本诗共分七章，前有序。本诗最先载于《魏氏春秋》，而没有序。序最先见于《文选》。

黄初四年五月^①，白马王、任城王与余俱朝京师，会节气^②。到洛阳，任城王薨。至七月与白马王还国。后有司以二王归藩，道路宜异宿止^③。意毒恨之。盖以大别在数日^④，是用自剖，与王辞焉。愤而成篇。

谒帝承明庐，逝将归旧疆^⑤。清晨发皇邑，日夕过首阳^⑥。伊洛广且深^⑦，欲济川无梁。泛舟越洪涛，怨彼东路长。顾瞻恋城阙，引领情内伤^⑧。

【注释】

① 五月，张溥本作"正月"。文帝黄初三年（222）十一月行幸宛，四年（223）三月方回洛阳，诸王朝京师不可能在正月。魏有朝四节的制度，曹植等五月到京师是为了这年立秋的日子是六月二十四日。依旧制要在立秋前十八天迎气，就是下文所谓"会节气"。

② 任城王：指曹彰，他是曹植的同母兄（曹操妻卞氏生曹丕、曹彰、曹植），骁勇能用兵。黄初四年和曹植同朝京师，到洛阳后暴病死。《世说新语》说是被曹丕所害。

③ 有司：指监国使者灌均。归藩：回封地。异宿止：不同在一处停宿。

④ 大别：永别。这时朝廷已定出藩国不得交通的制度，作者自知以后永无会期。

⑤ 承明庐：长安汉宫有承明庐，在石渠阁外。洛阳魏宫有门叫"承明"，这里恐是用汉故事，不是实指。旧疆：指鄄城，在今山东鄄城。

⑥ 首阳：山名，在洛阳东北。

⑦ 伊洛：水名。伊水源出熊耳山，到偃师入洛水。洛水出陕西冢岭山，到河南巩义入黄河。

⑧ 东路：从洛阳往鄄城的路。引领：伸颈远望。以上第一章，写离洛阳，渡洛水，回顾依恋，其时当在七月初。

太谷何寥廓⑨，山树郁苍苍。霖雨泥我涂，流潦浩纵横⑩。中逵绝无轨⑪，改辙登高岗。修坂造云日⑫，我马玄以黄⑬。

玄黄犹能进，我思郁以纡⑭。郁纡将何念？亲爱在离居⑮。本图相与偕，中更不克俱。鸱枭鸣衡轭，豺狼当路衢⑯。苍蝇间白黑⑰，谗巧令亲疏⑱。欲还绝无蹊，揽辔止踟蹰⑲。

【注释】

⑨ 太谷：太谷关，汉灵帝时置，在洛阳东南五十里。曹植《洛神赋》里的"通谷"就是指此处。寥廓：空虚而宽广。

⑩ "霖雨"二句：《魏志·文帝纪》记黄初四年六月大雨，伊、洛溢流。

⑪ 中逵：道路交错的地点。

⑫ "修坂"句：言修长的斜坡高达于天。成皋西有大坂，上登长坂是东往成皋。曹植和曹彪分别的地点当在成皋。

⑬ 玄黄：病，也就是"眩眩"，眼花。以上第二章，写渡过洛水后陆路的险阻。有的本子将本章八句合上十句为一章。

⑭ 郁以纡：忧闷充塞且盘绕在心上。

⑮ "亲爱"句：言兄弟正在临歧分手的时候。这句用古诗"同心而离居"的意思。

⑯ "鸱枭"句：衡轭是车辕前横木，压在牛马颈上的部分。乘舆衡上有鸾铃，现在代以鸱枭恶鸟之声，比喻小人包围君主。下句豺狼也是比喻小人。

⑰ "苍蝇"句：比喻佞人变乱善恶。《诗经·小雅·青蝇》"营营青蝇止于樊"，郑玄解释道："蝇之为虫，污白使黑，污黑使白。"

⑱ 令亲疏：使得亲近者变为疏远。令，一作"反"，言颠倒。

⑲ "欲还"句：言回到京城去的道路已经断绝，也就是说现在要向君剖诉是无路可通了。揽辔，手持马缰索。以上第三章，写兄弟被迫分别。怨小人播弄是非，离间骨肉。

踟蹰亦何留？相思无终极。秋风发微凉，寒蝉鸣我侧。原野何萧条，白日忽西匿。归鸟赴乔林^⑳，翩翩厉羽翼^㉑。孤兽走索群，衔草不遑食。感物伤我怀，抚心长太息^㉒。

　　太息将何为？天命与我违。奈何念同生^㉓，一往形不归^㉔。孤魂翔故域，灵柩寄京师，存者忽复过，亡没身自衰^㉕。人生处一世，去若朝露晞。年在桑榆间^㉖，影响不能追^㉗。自顾非金石，咄唶令心悲^㉘。

【注释】

⑳ 乔林：乔木之林。归鸟赴林是群聚，对照自己的离群。

㉑ 厉：奋。

㉒ 太息：长叹。以上第四章，写初秋原野萧条，触景伤心。由愤激而感伤。

㉓ 同生：同胞兄弟，指任城王曹彰。

㉔ "一往"句：指曹彰之死。就是古《薤露歌》"人生一去何时归"的意思。

㉕ "存者"二句：刘履《选诗补注》以为"存者"和"亡没"应互掉。言死者已矣，存者也难久保。

㉖ 桑榆：二星名，在西方。通常说日在桑榆就是说天将晚，用来比喻人将老。

㉗ "影响"句：言光和声虽传得快，还不如将逝的年光去得更快。

㉘ 咄唶：惊叹声。以上第五章，回顾任城王的暴死，瞻望自己的前途。从离合之悲写到死生之感。从感伤到悲惧交并。

心悲动我神，弃置莫复陈。丈夫志四海，万里犹比邻。爱恩苟不亏，在远分日亲^㉙。何必同衾帱^㉚，然后展殷勤^㉛。忧思成疾疢^㉜，无乃儿女仁。仓卒骨肉情，能不怀苦辛^㉝？

苦辛何虑思？天命信可疑。虚无求列仙^㉞，松子久吾欺^㉟。变故在斯须^㊱，百年谁能持^㊲？离别永无会，执手将何时？王其爱玉体，俱享黄发期^㊳。收泪即长路，援笔从此辞^㊴。

【注释】

㉙ 分：读去声，犹"志"。

㉚ 同衾帱：共用被帐。后汉桓帝时人姜肱，字伯进，与弟仲海、季江友爱，常同被而眠。这句是用姜肱的典实。

㉛ 展殷勤：表示情意。

㉜ 疢：音趁，热病。

㉝ 仓卒：匆促，急速，兄弟之间生离死别就在这片刻之后决定了，所以说"仓卒"。以上第六章。自己强为宽解，并慰勉曹彪，但终究不能宽解，结尾说不悲伤是不可能的。

㉞ 列仙：犹言诸仙。

㉟ 松子：赤松子，古仙人名，已见前。这句就是曹操《善哉行》"痛哉世人，见欺神仙"的意思。曹植有《辨道论》骂方士。

㊱ "变故"句：言顷刻之间就可能发生变故，如任城王就是榜样。

㊲ "百年"句：言不能保持终其天年。

㊳ 黄发：高寿的征象。人年老头发由白而黄。

㊴ 即长路：言去上远道。即，就。援笔：指握笔作诗送别。以上第七章。前半申说苦辛之怀，变故既不可料，逃避也不可能。后半是诀别之辞。

赠丁翼

【题解】

丁翼字敬礼，丁仪之弟。一作"丁廙"。本篇是宴会中的赠言，主要是勖勉对方储德积义，不做俗儒。

嘉宾填城阙①，丰膳出中厨。吾与二三子，曲宴此城隅②。秦筝发西气，齐瑟扬东讴③。肴来不虚归，觞至反无余。我岂狎异人④？朋友与我俱。大国多良材，譬海出明珠。君子义休偩，小人德无储。积善有余庆，荣枯立可须⑤。滔荡固大节，世俗多所拘⑥。君子通大道，无愿为世儒⑦。

【注释】

① 填：充满。城阙：城上楼。

② 曲宴：私飨小宴叫作曲宴，别于正式的宴会。城隅：即城阙。

③ 西气，一作"西音"，指秦声。东讴：指齐歌。

④ 狎：近。

⑤ "君子"四句：休偩是美备，无储是浅少。立可须，言可以立待。这四句和《赠徐幹》诗"亮怀玙璠美，积久德愈宣"意思相似。

⑥ "滔荡"二句：滔荡是广大。这两句是说君子对大节要固守不移，小节就可以不拘，拘小节的是"世俗"之人。

⑦ 世儒：古人"世""俗"两字通用。世儒就是俗儒。最后两句就是孔子对子夏所说"汝为君子儒，无为小人儒"的意思。

朔风

【题解】

曹植在魏明帝太和元年（227）被徙封浚仪（今河南开封北），二年又回雍丘（今河南杞县）。这诗作于回到雍丘的时候。他本是多感的人，这一次变迁免不了又引起一番伤感。这诗除悲叹"蓬转"的生活外又伤悼逝者，怀念远人。怨忠诚不被明帝所谅解，怨闲居坐废，怀抱利器无可施展。

　　仰彼朔风，用怀魏都①。愿骋代马，倏忽北徂②。凯风永志，思彼蛮方。愿随越鸟，翻飞南翔③。

　　四气代谢④，悬景运周⑤，别如俯仰，脱若三秋⑥。昔我

【注释】

① 朔风：北风。用：因。魏都：指魏的故都邺城，文帝迁都以后和洛阳同为魏国的皇都，曹操的陵墓在此地。
② 代马：代郡所产之马，古诗"代马依北风"。徂：往。以上是怀念故居和先人。
③ 凯风：南风。永：远。蛮方：指吴国。越鸟：越国所产之鸟，古诗"越鸟巢南枝"。以上四句是望南征，求自试的意思。
④ 四气：四季的气候。代谢：依次交替。
⑤ 悬景：指日月。这句是说日月运行周而复始。
⑥ 脱若：忽然。三秋：即三季，这里是说不止一季，三不是确数。

初迁⑦，朱华未希⑧；今我旋止⑨，素雪云飞⑩。

俯降千仞，仰登天阻⑪。风飘蓬飞，载离寒暑⑫。千仞易陟，天阻可越，昔我同袍⑬，今永乖别。

子好芳草，岂忘尔贻⑭？繁华将茂，秋霜悴之⑮。君不垂

【注释】

⑦ 初迁：指奉命迁到浚仪的时候。

⑧ 希就是"稀"。"朱华未稀"指春天。

⑨ 旋止：归来，指回到雍丘。止是语终助词，无意义。

⑩ 素：白。云：助词。以上几句就是说别离此地好像没有多久，谁料一忽儿就是几季了。

⑪ 天阻：犹"天险"。"俯降千仞，仰登天阻"就是《吁嗟篇》"自谓终天路，忽然下沉泉"的意思，言飘蓬忽上忽下，比喻自己的跋涉奔走。

⑫ 载：犹"则"。离：历。

⑬ 同袍：指最亲近的人，《诗经·无衣》用来指战友，《古诗·凛凛岁云暮》用来指爱人，本篇指兄弟（曹彰和曹彪，一死别，一生离）。袍，就是被褡，像现在的斗篷（或叫披风），行军的人白天当衣穿，夜晚当被盖。

⑭ "子""尔"指明帝，"芳草"比喻忠爱之心。这两句是说，你所望于我的是忠爱，而我从来不曾忘记给你忠爱。

⑮ 繁华：犹言"百花"，比君子。秋霜：比小人。悴：伤残。这两句言忠诚的人都被宵小中伤。

曹植

眷,岂云其诚^⑯？秋兰可喻,桂树冬荣^⑰。

　　弦歌荡思^⑱,谁与销忧？临川慕思,何为泛舟^⑲？岂无和乐？游非我邻^⑳。谁忘泛舟？愧无榜人^㉑。

【注释】

⑯ "岂云"二句：言即使君对我不加顾念,我的忠诚总是不转变的。作者在《求存问亲戚疏》云："若葵藿之倾叶,太阳虽不为之回光,然终向之者,诚也。臣窃自比葵藿。"和这句意思相同。云,旋。

⑰ "秋兰"二句：言我的忠诚可以用兰桂作比,兰永远不改其芳,桂也不变其荣。

⑱ 荡思：荡涤忧思。

⑲ 何为泛舟：何就是谁,言没有人为我泛舟。

⑳ "岂无"二句：申述"弦歌"两句的意思,和乐指弦歌,言并非没有人和我一同歌唱,但这些人都不是我的同志（"邻"是《论语》"德不孤,必有邻"的"邻"）。作者在《求存问亲戚疏》道："每四节之会,块然独处。左右惟仆隶,所对惟妻子,高谈无所与陈,发义无所与展。未尝不闻乐而拊心,临觞而叹息也。"可以说明这两句。

㉑ 谁忘,一作"何以"。榜人：操舟的人。末两句申述"临川"两句的意思,言自己是不自由的,"泛舟"不过是空想罢了。

矫志

【题解】

　　"矫志"犹言"厉志"，同时的丁仪有《厉志赋》。这首诗用比喻很多，大意是说从政要实干，称职，不耻下位。人君要远佞人，争取贤士，宽和，慎言。本篇显然有脱句，《文选注》所引"仁虎匿爪，神龙隐鳞"两句今本就没有。

　　芝桂虽芳，难以饵鱼①；尸位素餐，难以成居②。磁石引铁，于金不连③，大朝举士，愚不闻焉。抱璧涂乞，无为贵宝④；履仁遘祸，无为贵道⑤。鸳雏远害，不羞卑栖；灵虬避难，不

【注释】

① "芝桂"二句：比喻徒有高名美言而无实际才能的人是没有用的。《太平御览》引《阙子》："钓之务不在芳饵，事之急不在辩言。"

② 尸位素餐：占据重要的地位而不完成任务，白白地吃俸禄（就是《求自试表》所谓"圈牢之养物"）。尸，主。素，空。成居：见《精微篇》。

③ "磁石"二句：本于《淮南子》"磁石能引铁，及其于铜则不行也"。比喻朝廷只招揽贤士，不收纳不贤的人，就是本诗下两句的意思。

④ "抱璧"二句：将玉制成平圆形，中心有孔，叫作璧。璧是贵重的东西，就是所谓宝。假使抱着璧在道路上讨饭，那就表示这个宝不是真可贵的，因为它是没有实际用处的。

⑤ "履仁"二句：遘同"构"。假如履行仁道而构成祸害，那么这种道也不是真正可行之道。这几句说明这个时代对于"贤才"的新看法。曹操首先反对过去所谓"经明行修"的人才考核标准，而代之以"唯才是举"。他认为"有行之士未必进取，进取之士未必有行"（建安十九年令）。他看重那些"不仁不孝而有治国用兵之术"（建安二十二年令）的人。曹植这诗的议论和曹操略同。

耻污泥^⑥。都蔗虽甘，杖之必折；巧言虽美，用之必灭^⑦。□□□□□□□□济济唐朝，万邦作孚^⑧。逢蒙虽巧^⑨，必得良弓；圣主虽知，亦待英雄。螳螂见叹，齐士轻战^⑩；越王轼蛙，国以死献^⑪。道远知骥，世伪知贤。□□□□□□□□覆之焘之^⑫，顺天之矩。泽如凯风，惠如时雨。口为禁门，舌为发机^⑬，门机之闓，楛矢不追^⑭。

【注释】

⑥ 鸳雏：传说中凤凰一类的鸟。灵虬：传说中的神物，犹言神龙，虬是没角的龙。这四句是说凤鸟飞在高空，龙族住在深渊，是为了远害，并不以栖息在低处和住在污泥中为耻。比喻不以居下位为羞。

⑦ 都蔗，又作"薯蔗"，就是甘蔗。这四句本于刘向《杖铭》："都蔗虽甘，殆不可杖，佞人悦己，亦不可相。"

⑧ 济济：美盛。此句上缺两句。唐朝：指传说中的帝尧时代。万邦作孚：《诗经·大雅·文王》篇句，言在各国树立了信誉。孚，信。

⑨ 逢蒙：上古射箭的名手。

⑩ "螳螂"二句：春秋时齐庄公出外打猎，有一只螳螂举起前足要和车轮搏斗，庄公说这个虫如成为人一定是天下的勇士了。便叫车子让过螳螂。这件事使得人人都知道齐庄公尊重勇士，许多勇士都归向齐国（见《韩诗外传》）。轻战，敢于打仗，不怕死。

⑪ "越王"二句：越王勾践乘车出门，道上有一只怒蛙，越王对它行礼。别人问他为何敬重一只蛙，他道：因为它气盛。当越国伐吴的时候勇士纷纷地要求献出生命（见《韩非子》）。轼是车前横木，坐车的人行敬礼时伏在轼上也叫作轼。

⑫ 焘：覆盖。又作"帱"。"覆帱"见《礼记》。

⑬ 发机：弩上管发射的机关。

⑭ 闓：开。楛矢：用楛木茎做杆子的箭。末两句是说言语要谨慎，就是"驷不及舌"的意思。

杂诗

【题解】

　　本篇集本题为《闺情》，这里依照《玉台新咏》。诗中写女子对丈夫的怀念和对前途的忧惧。

　　揽衣出中闺，逍遥步两楹①。闲房何寂寞，绿草被阶庭。空穴自生风②，百鸟翔南征。春思安可忘，忧戚与君并③。佳人在远道④，妾身单且茕。欢会难再逢，芝兰不重荣。人皆弃旧爱，君岂若平生⑤？寄松为女萝，依水如浮萍⑥。束身奉衿带，朝夕不堕倾⑦。傥终顾眄恩，永副我中情⑧。

【注释】

① 逍遥：缓步貌。两楹：楹就是柱，两柱之间就是户前。

② 空穴：门户的孔隙。

③ 君，一作"我"。

④ 佳人：指丈夫。这诗如果是借夫妇喻君臣，佳人就是指文帝。

⑤ 平生：指少年时。

⑥ 女萝：植物名，即松萝，常缠绕在树上，下垂如丝状。这两句以女萝依树、浮萍依水喻妻依夫。

⑦ "束身"二句：古代女子出嫁的时候母亲为她结上蔽膝的带，同时说几句训诫的话。这句是追溯初嫁的时候。"束身"言对事谨慎，约束其身。衿就是蔽膝。堕倾，失误。

⑧ 顾眄恩：眷顾之情。副：审察。末两句和"君岂若平生"都是忧惧丈夫对她情好不终。作者对文帝也有类似的疑虑，黄初六年（225）曹丕到雍丘和曹植见面，两人的关系好转。曹植有令道："孤小人尔，身更以荣为戚，何者？将恐简易之尤出于细微，脱尔之愆一朝复露也，故欲修吾往业，守吾初志，欲使皇帝恩在摩天，使孤心常存入地，将以全陛下厚德，究孤犬马之年，此难能也。"可以参看。

三良

　　春秋时代秦穆公死后以一百七十人殉葬，其中有子车氏的三子：奄息、仲行和铖虎，称为"三良"。《诗经·秦风》有《黄鸟》篇，就是哀悼三良的诗。建安十六年（211）曹植从军征马超曾到关中，这篇诗或许是过秦穆公墓吊古之作。诗中一方面把三良从葬说成忠义，一方面也认为他们如此捐躯是可悲的。隐含对秦穆公以活人殉葬不满的意思。

　　功名不可为，忠义我所安①。秦穆先下世，三臣皆自残②。生时等荣乐，既没同忧患。谁言捐躯易，杀身诚独难。揽涕登君墓，临穴仰天叹③。长夜何冥冥④，一往不复还。黄鸟为悲鸣⑤，哀哉伤肺肝。

【注释】

① 开头两句说立功立名非人力所能强为，而忠义却是自己所慕的。我，代三良自称。安，乐。
② 秦穆：秦穆公，名任好，春秋时代"五霸"之一。下世：死亡。三臣：指三良。臣，一作"良"。自残：自杀。
③ 登君墓：指三良临殉葬时登秦君之墓，殉葬的人是活着送到圹里去的。穴：指冢圹。
④ 长夜：人死永远埋在地下不见天日，所以叫长夜。冥冥：昏暗。
⑤ 黄鸟：鸟名，今名"黄雀"。《诗经·黄鸟》篇每章都以"交交黄鸟"起头。

情诗

【题解】

《玉台新咏》作杂诗，今从《文选》。本篇写徭役思归之情。

微阴翳阳景①，清风飘我衣。游鱼潜绿水，翔鸟薄天飞②。眇眇客行士，徭役不得归③。始出严霜结，今来白露晞。游者叹黍离④，处者歌式微⑤。慷慨对嘉宾，悽怆内伤悲。

【注释】

① 翳：遮蔽。阳景：日光。

② 薄：迫近。这两句以鱼鸟的自由对照征夫的不自由。

③ 眇眇：远。徭，一作"遥"。

④ 黍离：《诗经·王风》篇名。首章云："彼黍离离，彼稷之苗。行迈靡靡，中心摇摇。知我者谓我心忧，不知我者谓我何求。悠悠苍天，此何人哉！"据《毛诗序》，东周大夫行役到陕西旧都，见宫室旧址都长了禾黍，感慨而作此诗。本篇提到《黍离》只取义行役。

⑤ 式微：《诗经·邶风》篇名。《毛诗序》说黎侯寄居在卫国，他的臣属劝他回国而作此诗。首章云："式微，式微，胡不归？微君之故，胡为乎中露？"曹植盖从《毛诗序》以《式微》为劝归的诗。

曹植   157

弃妇诗

　　本篇见于《玉台新咏》和《太平御览》，本集不载。这是代弃妇诉悲的诗。建安末平虏将军刘勋妻王宋被出，曹丕有《代刘勋出妻王氏作》二首，已见前。同时王粲有《出妇赋》，曹植有《出妇赋》和本诗，可能都是为王氏而作。

　　石榴植前庭，绿叶摇缥青^①，丹华灼烈烈，璀采有光荣^②。光荣晔流离，可以处淑灵^③。翠鸟飞来集，拊翼以悲鸣^④。悲鸣夫何为？丹华实不成^⑤。拊心长叹息，无子当归宁^⑥。有子

【注释】

① 缥：浅青色。

② 灼烈烈：犹"灼灼烈烈"，形容石榴花赤色而有光辉像火似的。璀采：即璀璨，本是形容玉光的词，这里指花的光泽。

③ 晔流离：言光亮如流离。流离是璧流离的省称，今通称琉璃，有自然的和人为的两种，自然的又叫青金石，人为的就是珐琅和玻璃。处淑灵：让神物居住。淑灵指下文所说的翠鸟。处，一作"戏"。

④ 拊翼：拍翅膀。

⑤ "丹华"句：言空有红花不结果实，喻妇人无子。

⑥ 拊心：以手椎胸，悲伤的表示。归宁：已嫁的女子回家省视父母叫归宁，这里以"归宁"代"大归"（即永归母家）。古代妇女犯了"七出"之一就构成被夫家驱逐的条件，七出是：无子、淫佚、不事舅姑、口舌、盗窃、妒忌、恶疾。

月经天，无子若流星，天月相终始，流星没无精⑦。栖迟失所宜，下与瓦石并⑧。忧怀从中来，叹息通鸡鸣。反侧不能寐⑨，逍遥于前庭。踟蹰还入房，肃肃帷幕声。搴帷更摄带⑩，抚弦调鸣筝。慷慨有余音，要妙悲且清⑪。收泪长叹息，何以负神灵⑫。招摇待霜露，何必春夏成⑬？晚获为良实，愿君且安宁⑭。

【注释】

⑦ 精：光明。这两句以"天月终始"喻夫妇偕老，以"流星没落"比弃妇。古代妇女称丈夫为天。(《仪礼》："夫者妻之天也。")天字双关。

⑧ "栖迟"二句：仍以流星作比，言居处不得其所就同于瓦石。

⑨ 反侧：翻来覆去。

⑩ 摄：牵引。

⑪ 要妙，又作"幼眇"，犹言微妙。

⑫ 神灵：和上文"淑灵"同指翠鸟。这两句说神鸟为了石榴无实尚且悲鸣，对我的无子之痛一定是同情的，我如何辜负它呢？

⑬ 招摇：是桂树的代词，《吕氏春秋》云："招摇之桂，实大如枣，得而食之，后天而老。"待霜露是说到秋季才结实。结尾几句说植物之中如桂树结实期很晚而很好，何必一定要像石榴成熟于春夏呢？比喻妇人迟生儿子没有什么不好。

⑭ 君：指丈夫。

曹植

七步诗

  这诗最初见于《世说新语》。《世说新语》说魏文帝命曹植在七步的短时间内作一首诗，作不成就要"行大法"，而曹植应声咏出"煮豆持作羹"六句，使得文帝深感惭愧。这故事是不大可信的，因而诗的真伪也难判定。一般传世的只有四句，首句作"煮豆燃豆萁"，二三两句缺。这诗以萁豆相煎，比骨肉相残，用喻浅显，所以能普遍流传。

  煮豆持作羹，漉豉以为汁①。萁向釜下然②，豆在釜中泣。本是同根生③，相煎何太急？

【注释】

① 漉：过滤。豉：蒸熟后发过霉的豆。

② 向，一作"在"。

③ 是，一作"自"。

失题

这诗见《艺文类聚》九十。诗意似以双鹤相失喻兄弟分离，或许是作者和曹彪分别时的诗，表现感伤离别和恐惧迫害的情感，和《赠白马王彪》有相似处。

双鹤俱远游，相失东海傍。雄飞窜北朔[①]，雌惊赴南湘。弃我交颈欢，离别各异方。不惜万里道，但恐天网张[②]。

【注释】

① 窜：隐匿。

② 天网：《老子》以天网比喻天罚。曹植《上责躬应诏诗表》以天网比喻王法，这诗天网比喻从朝廷来的迫害。前六句都是说离别的痛苦，末两句是说一别万里也算不得可悲痛的事了，能够不陷入天网就好了。

曹植